천가千家 박가朴家

천가千家 박가朴家

GASAN BOOKS

부끄러운 자화상을 시와 시 창작 메모 그리고 산문으로 엮어서
세상으로 내보낸다.
내 마음 밑바닥에는 슬픔의 우물이 있는 것 같다.
두레박으로 슬픔의 물을 퍼내면 그 순간은 아프다.
시나브로 생채기가 아물고 나면 두꺼운 갑옷이 생긴다.
문예창작을 하면서 글이 나를 치유하는 놀라운 힘이 있다는
사실을 깨닫고 있다.
다른 사람의 상처, 치유하는 글, 저잣거리에서 사람 냄새나는
글을 계속 쓰고 싶다.

– 양주 집 서재에서, '15년 어느 가을에

차 례

작가의 말

1. 카롱의 전철

2. 밥벌이의 지겨움

영시: 변정아 도움

1.

카롱의 전철

아프로디테의 밤

자정이 한참 지나는데
잠은 좀처럼 오지 않았다

옆방에서 간간히 들려오는
여인의 가느다란 신음 소리
회색빛 벽면을 숭숭 뚫어
매화꽃 울타리를 치고
화원(花園) 너머 나에게
꽃잎을 흩뿌린다
흰 보라 눈꽃은 남루한 벽면에
떨어지고 나는 그녀와 지냈던
추억의 팝업창을 열기 시작했다

한밤
그녀와 살았던 단칸방에도
아프로디테 여신이 찾아왔었다

그녀와의 뜨거운 입맞춤 소리

쭈그러진 양철 냄비에

담겨진 오래된 물 한 바가지도

엉덩이를 흔들며 보글보글 끓었고

김빠진 맥주도 퉁탕거리며

꽃봉오리에 올라가

하얀 뭉게구름 미소를 보냈다

그러나 백합꽃 같이 흰 그녀의 속살은

혼자 사는 내 단칸방에

하얀 거품 되어

꽃병 속에 웅크리고 있다

그녀와 지냈던 아름다운

퍼즐 조각을 맞추며 나는

거품이 가득한

눈물 잔을 단숨에 마셔버렸다

14

자정이 한참 지나는데

잠은 더욱 오지 않는다

※ 아프로디테: 그리스 신화에 나오는 미(美)와 사랑의 여신. 바다의 거품에서 태어났다는 전설이 있으며, 바다와 항해를 관장하는 신으로 널리 숭배되었다. 사랑의 신인 에로스(Eros)의 어머니로, 로마 신화의 비너스(Venus)에 해당한다.

강릉 항에서

네 죄를 아느냐?
어린 새끼들은 어디 있느냐?

이른 아침
정적을 깨고 소리치며
봄비가 파도에게 채찍질을 한다
파도는 찢겨지는 아픔에
하얀 거품을 뿜어내지만
묵묵부답
이내 수평선 너머로
카롱의 노를 저어가고
안개 너머에 숨을 헐떡거리는
어린 생명
파도를 때리며 윙윙거린다

흔적 2

벚꽃 떨어지는 날
외할머니는 벚꽃 흩날리며
소풍을 끝내고
천국으로 갔습니다.
26세 남편을 저 세상으로
먼저 보내고
평생 홀로 보내시며
두 자녀를 눈물로 양육하고
아들은 하나님의 사도로 키워냈습니다.

세 살인 나를 절로 보내고
평생 가슴속에 십자가로 남았다고
울먹이던 당신의 주홍 글씨를
내 눈물로 지워드립니다
이제 이승의 질곡의 삶을 뒤로 하고
영원히
편히 잠드소서

Cherry Blossoms

Winter is getting older,

So am I

Nevertheless,

Spring is standing up,

spurring vigor to me.

Getting younger I am,

Cherry blossoms blooming to my heart

Whispering are they

Tickling my ears.

思慕(사모)

冬往如離雪(동주여리설)

春來如思女(춘래여사녀)

花開如接夢(화개여접몽)

女夢如連霧(여몽여연무)

Adoration

Winter crawls hence from the cold, cold ground

The veil of snow lifted

The warm air of spring coalesces to hatch a canvass of fog

Hyacinth paints purple tears to entice a shrouded butterfly

Who once danced on my heart

보는 것, 보여지는 것

눈 덮인 동쪽 산마루 능선
햇살이 맨얼굴을 내밀자
아픈 파편이 박혀 있는 세월
고스란히 알몸을 드러내고 있다
때 자국
얼룩진 얼굴이 보이고
참나무 가지에 들러붙어 맹세한 언약
생채기 되어
질퍽거리고 있다

눈 덮인 서쪽 깊은 산마루 능선
햇살이 눈을 부릅뜨고 비추어도
절벽 골짜기 깊숙이 박힌 그림자
끝없이 펼쳐진 설원(雪園)
하얀 눈만 보이고
그분이 내민 하얀 도화지

나이 오십에

어떻게 살 것인지 쓰라고 눈짓을 한다

한참을 서성이자

그 분이 하품을 한다

입속에 터져 나오는

카오스(Chaos)

보는 것

보여지는 것

선자령에서

선자령 고개

하얀 치마폭 펄럭이자

눈송이 흩날린다

계곡과 계곡 사이

소복이 쌓인 눈에

하얀 젖무덤 속살이 들어나고

설산에 묻혀 있는 여인의 숨소리

사~아삭 희미하게 들려온다

산 까마귀 퍼덕이는 소리

인기척에 놀란 여인

치마폭 감싸 안아 젖가슴을 덮는다

산행하는 남정네

행여나 들킬까 봐

주목나무에 몸 숨겨

눈 오는 소리를 듣는다

사~아삭 ……

여인 옷고름 푸는 소리

차가운 공기에도

땅속 뜨거운 바람

스멀스멀 올라오고

……

보현사 부처님

멀리서 헛기침을 하고 있다.

Y=AX ±B

인생의 방향은 Y값을 구하는 방정식이다

이미 정해진 상수(常數)값 A

마누라와 새끼

상수를 바꾼다는 것은 커다란 위험

그나마 노력해서 바꿀 수 있는 더미(Dummy)값 B

공부와 돈벌이

더하기 혹은 빼기만 하는데

X값은 항상 곱하기

빛의 속도로 인생의 Y값을 변화시키는

무서운 힘

인생의 빌딩 숲속에서 눈알을 부라리고

항상 신기루 X값을 찾는다.

그러나 X값에 다가서 꽉 잡으려고 하면

저만큼 다시 달아나 버리고

그 자리에 항상 덩그렇게 남아 있는

두 자루의 뼈와 살

비 무덤

실 비단 구름이
허공에서 푸른 지느러미 흔들며
그녀의 부드러운 젖가슴에
얼굴을 묻고
파란 밀어(蜜語)를 속삭인다.

파란 구름 속에 잠자던
휴화산(休火山) 검은 구름
서운한 말 한마디에
참았던 울음 쏟아내니
추적추적 가을비가
내리기 시작한다

유리창에 그녀가 보인다
상처 입은 검은 구름
무서운 속도로 유리창에 부딪혀

종소리 울리고
외마디 비명도 지르지 못하고 죽어간다

하늘로 올라간 그녀
죽었던 까치 검은 구름들
두 손에 담아
하얀 뭉게구름 속에
비 무덤을 만들어 주었다

퇴적암

바다에 우뚝 서 있는 절벽
자기의 밑동을 누르고 있다
하늘만 바라보는 절벽
밑동을 볼 수가 없어
발등으로 자꾸 파도를 찬다
파도와 발등이 세차게 부딪치고
나무구두는 벗겨지고
발등이 잘려져 나간다
도드라지게 드러나는 평행직선들
퇴적암에 새겨진 그리움 씨앗
평행선 골 사이
얼마나 많은 시간이 흘렀을까?

입은 절벽 꼭대기에 매달려 있고
그리운 마음은 밑동에 박혀 있다
마음이 열려야 입이 열리는데

얼마 안 되는 거리인데도

침묵은 퇴적암으로 암각화 되고

절벽은 밑동을 더 이상 찾지 않고

발등 아래

나무는 스멀스멀 수많은 가지를 뻗어

다시 덮는다.

카롱의 전철

이른 아침

한강을 사이에 두고

전철이 강변역 절벽에 잠시 매달려 있다

역사(驛舍)에는 이슬비가 내리고

전철은 낭떠러지 굴곡을 빠져나와

잠실나루역을 향해 달려 나갈 때

물안개가 전철에 달려들어 이별의 눈물을 뿌리고 있다

전철안 사람들

창밖 풍경에는 관심이 없다

눈을 부릅뜨고 카톡에만 집중하고

몇은 영어 단어를 외우기도 하고

몇은 의자에 머리를 기대어 졸고 있고

경로석에 앞에 서 있는 노인은 눈을 힐끗거리며

자리다툼 헛기침을 하고 있다

살아간다는 것은
할 말들은 가득해도
주머니 속에 꾸겨 넣고 침묵한 채
물속 산호 빌딩 숲을 헤치며
생존 지느러미를 부단히 움직이는 것

생과 사는 절벽 틈 사이에
매달려 있는 한줌의 흙이 되어
바람이 훅 불면 절벽 아래로
산화한다는 것을 망각한 채

카롱의 전철은 한강을 사이에 두고
살기 위해 악다구니 쓰는 사람들을 싣고
이승에서 저승으로 향하고 있다
창 밖에는 비가 다시 세차게 내리고
빗물은 전철 유리창에 연신 부딪히며 오열을 한다

※ 카롱: 그리스 신화에 나오는 황천길의 뱃사공. 카롱이 사람을 나룻배에 태워서 저승으로 데려간다는 신화를 배경에 깔고 있는 것으로서, 죽음에 의한 이별의 이미지이다.

회개의 최후

매일 아침 성경을 읽고 명상을 한다
지치고 힘든 어느 날이었다
그분 앞에 뭐라고 얘기도 못하고
구석진 모퉁이 자리에 두발을 오그리고 얼굴을 숙인 채
숨죽이고 눈치를 살피는데
성경 글자가 무너져 내렸다
글자가 산산이 부서져 뱀 입속으로
들어가 입속에서 시커먼 깨알들이 마구 쏟아졌다
달콤한 참기름 맛이었다
깨알 숫자를 세다가 지쳐 누워 버렸다

어느 순간 깨알들이 벌레로 둔갑을 했다
천장에서 내려다보는 검은 벌레
벽에서 곁눈질하는 검붉은 무당벌레
사방에서 노려보고 있었다
벌레들의 사연에 귀 기울이려고 하는데 시간이 없었다

숨을 쉴 수가 없었다
손칼을 뽑아 들고 무작정 죽이기 시작했다

벌레들이 하나, 둘씩 사라져 가고
죽은 몸뚱이에서 글자가 태어나고
글자는 살아 있는 활자(活字)가 되었다
활자는 기차 모양으로 줄지어
성경책에 붙기 시작했다

You are the future of our company

어느 회사 복도 벽면에
수많은 직원들 사진이 걸려 있다
잔뜩 멋을 낸 옷자락에
웃음 띤 얼굴
저마다 회사를 위해 목숨이라도
내 놓을 함성이 울리는 듯하다

'회사가 어렵다'
인력 구조 조정이 시작되고
인사 상무는 떠나야 할 인원들
이름을 적어낸다
○○○ 고참 부장
○○○ 차장
○○○ 과장

어느 회사 복도에 벽면에

직원들 사진이 바래져 걸려 있다
부조화처럼 걸려 있는 화석 위에
을씨년스럽게 외치는 슬로건

'You are the future of our company'

You are the future of our company

A mass of staff photographs line the company hallway on the
wall
All dressed up with beaming smiles
One can almost hear their thunderous shouting

Each and every one visibly ready to give their lives for the
company
'The company is in crisis'
Lay-offs are on the wind
The personnel officer makes the list of staff to be laid off
ooo senior officer
ooo chief manager
ooo manager

In the hallway of a company
Faded photographs are hanging on the wall

like a fossilized relief

Dismally shouting the slogan

'You are the future of our company'

※ relief: 양각화

55512

새벽 5시 55분
영하 12도

어느 여인이 갓난아이를 안고
발을 구르면서
도봉산 1호선 전철 난간에서
추위에 떨고 있다

덮고 있는 아이 담요
나뭇잎처럼 칼바람에 휙휙 거리고
여인은 새끼 주머니를 열어
호호 뜨거운 입맞춤으로
온기를 전한다

메고 있는 새끼 주머니
생명줄처럼

묶여 있다는 것을 확실하다고 느끼며

아이는 새근새근 잠을 잔다

새벽 5시 55분

영화 12도

기차는 뜨거운 마중물을 붓는다.

55512

5:55 at dawn

Minus twelve degrees Celsius

A woman carrying her baby on her back

shivers at the Dobong 1st line subway platform

The blanket covering the baby

flutters like a leaf in the wind.

The mother opens her baby pocket to convey the warmth of

hot kisses

Satisfied it is firmly secure in the baby pouch

Like a life line

The baby can fall into sound sleep

Dawn 5:55

Minus twelve degrees

The train pours out the priming water

행복

할매 이 뙤약볕에 밭 그만 매쇼! 더위 먹는단께요 아따! 이 썩을 놈
아! 밭 안매면 누가 밥 준다냐? 할매는 밭 매고 집에 와서는 홍어 안
주에 막걸리 벌컥벌컥 들이키며 꺼~억 초가집 단칸방에 냄새가 푸
들푸들 올라가고 고약한 냄새 내 코를 붙잡자 배가 아프기 시작한다
할매 억센 손 내 배를 문지른다 할매 손이 약손이랑께 오매 내 새끼!
끄~억

오늘 나도 뙤약볕에 산에 갔다 집에 와서 막걸리 들이키려다 막걸리
잔 속을 무심히 바라본다 할매가 출렁거린다 오매! 할맹가? 나도 그
맴 이제 알것소잉.

나무 구멍의 힘

나무는 말이 없었다
단단한 몸통을 쪼개어 빨판을 만들고
대지의 피를 허공으로 치솟는 가지로 보낼 뿐
심술궂은 바람이 흔들어대도
차가운 눈보라가 세상의 짐을 내려놓아도
묵묵히 받아 들여 몸속으로 스며들게 할 뿐

어느 날 나무는 반항하기 시작했다
바람이 미친 듯이 질책을 하는 날이었다
잘못은 없는데 무작정 두들겨 맞는 날이었다
억울한 일이었다
나무는 가지들과 긴급히 회의를 했다
'대지의 피와 가까운 가지'는 그냥 참고 살자고 했고
항상 혈액 부족에 시달리는 '꼭대기 가지'는
세상을 뒤엎어 혁명을 하자고 했다
혁명을 하자는 세력이 다수였다

물구나무 혁명

나무는 온 가지를 흔들어 반항하기 시작했다

바람은 싸움에 밀리기 시작하자 눈보라에 도움을 요청했다

사정없이 눈이 내리고 '참고 살자던 가지'는 무참히 부러졌다

부러진 가지에 큰 상처 구멍이 생겼다

그러나 구멍 주위에 모두들 모이기 시작했다

대지의 피도

심술궂은 바람도

짐만 얹어주는 눈도

꼭대기의 가지도

각자 구멍에게 자기 목소리로 말하기 시작했다

빈구멍에 통해 들려오는 얘기 소리에

모두 귀를 세우고 경청하기 시작했다

나무는 받아들여야만 하는 운명의 사슬을 끊어버리고

구멍을 통해 할 말을 하는

구멍을 통해 세상을 잉태하는

창구가 되어 가고 있었다

The Power of The Tree Hole

The tree was silent

It splits its robust trunk and shooting forth suckers

Sending the blood of the Earth to the branches stretching in
the air

Though the cranky wind shakes its body

And the cold blizzard lays its burden down upon its branches

It just takes it all acquiescently and lets it permeate its body

One day the tree started to rebel

On a day the wind was raging wildly

On a day it was harshly beaten with no reason

Oh, the injustice!

The tree summoned its branches

The tree branches 'adjacent the blood of the earth' voiced
tolerance

'The top branch', suffering lack of blood called for a
revolution

They became the majority proclaiming the Revolution

The Headstand Revolution

The tree resisted by shaking all its branches

Once being thrust, wind asked Blizzard for help

Heavy snowfalls broke the branches mercilessly

Leaving a great hole in their stead

In spite of the painful hole, they began to gather around the
hole

The blood of the earth

The cranky wind

The snow of burden

The top branches of the tree

Each spoke to the hole with its own voice

Everyone's petitions resonating throughout the cylindrical host

Each one keenly listening

The tree severs its chain of destiny it has to accept

Letting its voice be heard through the hole

Conceiving the world through the hole

Thus it has become a window

어느 봄날 오후에

대학원 리포트를 쓰다가
머리 아파 자전거 타고
동네 한 바퀴 돌았다
커피향이 나오는 곳에 멈추었다
커피숍에 들려오는 옛 추억 팝송
그녀와의 캠퍼스 로망이 떠오르고
엄마가 되어버린 그녀
그녀에게 엄마가 있다
감미로운 음악 속에 묻어오는 엄마젖 향기
구석진 자리에 앉아 창밖을 보니
엄마가 물끄러미 쳐다보는 듯하다

어렸을 적 엄마가 자기 삶을 찾아 떠나는 날
아빠는 주먹으로 거울을 깨면서 싸웠다
애틋한 엄마품은 깨진 거울 조각되어 방안에 흩어져 있고
유리 거울에 비친 엄마 사진은 일그러진 메두사 얼굴

두려움에 떨었다

다리를 절룩거리며 손을 뻗어 닿은 엄마 스웨터 옷

코를 킁킁 거리며 어미를 찾는 강아지 되어

엄마 향기 냄새 맡으며 크게 불렀다

엄마!

엄마!

엄마!

대답은 없었다

옷 냄새에 묻어 있는 화장품 냄새

방바닥에 널려 있는 머리카락 사이에

엄마 향기는 분명 있는데

엄마는 없었다

감미로운 커피향에 젖어

오십이 가까운 나이에 엄마를 다시 부른다

엄마~

푸줏간에서

진열장에 꽃 모양 빗살무늬
칼집을 낸 자국에 선홍색 립스틱
내 입술을 훔치고 있다

Vanitas

In the basement in the corner of the chapel

Behind the locked glass compartment

Lying neatly

The flower patterned porcelain urn

Has likewise withered and faded

There I see the familiar name of my comrade

A harrowing grief surges from the bottom of my heart

Desolate sorrow

I try to hold it

But it slips through my fingers

The hot tears welling up

A handful of white powder

Like sand in an hourglass,

Embedded at the bottom of the urn

Marks the beginning and the end

I light the incense in the burner

In the glow of the ember,

His face briefly looms and vanishes into the ether

The bouquet of the incense shrouds my countenance

He

In turn

Caresses my face

※ Vanitas: It comes from the Latin Language, showing Life Vanity, how fleeting life is.
※ bouquet: 향

2.

밥벌이의 지겨움

사각(死角)지대

사각지대는 없었다.
처음에는

그녀는 식탁 모서리에 무릎 부딪쳐
작은 상처에 피가 났다
볼록 거울을 비추자
어느새 상처는
시뻘건 피를 뿜어대는 화산(火山)이 되어
사내 가슴을 할퀴었다
다친 상처에 뜨거운 입김 불어 넣으니
상처 진물은
아랫목 이불 속 입맞춤 숨결에
차츰 아물기 시작했다

그러나 그녀의 체취에 익숙해지고
말을 함부로 해도

이해 받을 수 있다고 느낄 때
일상은 희미한 그림자를 드리우고
오목거울에 비친
그녀의 도드라진 상처
앞치마에 말라붙은 밥풀때기 되어
부엌 귀퉁이에 널브러져 있다

2

사각지대가 생겼다.

그녀의 살갗냄새가 씁쌀해질 때
서로의 침묵은 바늘잎처럼
예리한 날을 세우고
사내의 눈은 평면거울이 되어

거울에 비친 자기 모습만 보는
수선화(水仙花)가 되어간다

말라붙은 밥풀때기 상처
부엌 벽면에 부조(浮彫)화 될 무렵
그녀의 몸은 종잇장처럼 여위여가고
머리카락이 한 움큼씩 빠졌다
그녀는 장롱 깊숙한 곳에서
귀퉁이가 녹이 슨 볼록 거울을
사내에게 말없이 건넨다

보이는 것보다
보이지 않은 사각지대가
한없이 많다는 것을 깨닫는 순간
사내의 두 눈에 상처 진물이 새어나고

녹슨 볼록거울

뜨거운 입김을 토해내

사각지대를 환하게 내리비추자

축령산 편백나무는 윙윙 거렸다.

이 시(詩)를 쓰게 된 동기는 대학 동창인 부부의 삶이 모티브가 되었다. 아내를 위해 휴직하고 병 수발하며 전남 장성에 기거하는 친구를 만나고 양주 집으로 향하면서 휴게소에서 차를 세우고 울먹이다가 쓴 시이다.

나는 이들 부부를 대학 시절부터 알고 지내고 있다. 대학 시절 내 친구는 행정학을 그의 여자 친구는 경영학을 각각 전공했는데, 그녀가 행정고시 준비를 위해 행정학 과목을 수강하면서 내 친구를 만나게 되었다. 그 당시 행정학과에는 여자들이 거의 없던 시절에 호한(豪悍)인 내 친구가 그녀를 낙점해서 결혼까지 골인한 것이다. 친구 부부는 결국에는 두 사람 모두 공무원이 되었고 단란한 가정을 꾸리고 살아오고 있었다.

그런데 어느 날, 친구가 갑자기 장성으로 내려간다는 전화를 했다. 아내가 위암이 발견되었는데, 폐까지 전이된 상태로 위험해서 휴양소로 장성을 선택했다는 것이었다. 광주 출장길에 친구 부부가 있는 장성에 들렀다. 그들이 머무는 화장실과 부엌이 딸린 단칸방 펜션은 남루하게 나를 맞이하였다. 친구가 아내를 위해 사과를 깎아서 입에 넣어주고 밥을 지어 저녁상을 차리는 모습을 보면서 부부의 삶이라는 것이 무엇인지 고민하게 되었다.

부부의 삶은 볼록거울, 오목거울, 그리고 평면거울을 가지고 상대 배우자를 꾸준히 비추고, 기쁘고, 화내고, 슬프고, 그리고 즐겁고…. 거기에서 나오는 감정을 털어내며 생채기 나고 치료받고 또 아프게 살아가는 것이 아닌가? 신혼 초기에는 볼록거울로 상대방을 비추면 사랑한 감정이 충만하여 조그만 상처도 크게 보이는 볼록거울을 갖게 된다. 차츰 부부 사이가 익숙해질 때, 둔감해지는 오목거울, 서로의 마음에 멍울이 생기고 상대방이 아파도 깨닫지 못한다.

서로의 평면거울을 갖는 순간 자기 모습만 보는 나르시스에 빠지게 되고 무관심하게 된다. 조그만 사각지대(死角地帶)는 시나브로 틈이 더욱 넓어져 상대방을 더욱 아프게 한다.

그러나 어느 순간 부부 중 한 사람이 카롱의 배를 타고 건너 이승을 떠나려고 할 때, 비로소 부부 중 한 사람은 볼록거울을 꺼내고 서로의 첫 사랑의 감정을 깨닫고 울먹이며 이슬처럼 스러져 떠나가는 임을 그리워하는 것이 아닐까?

횅한 밤하늘을 보고 친구 부부를 생각하며 차속에서 꺼이꺼이 울었다. 그 거울에 우리 부부가 있었다. 나는 아내를 생각하며 들고 있는 거울이 무엇인지 깨닫고 콧잔등이 시큰해지고 가슴이 울렁거렸다.

박스 한 상자

부장 9년차
임원 승진은 저 눈발에 멀리 날아가고
창문가에 비스듬히 기대어 흩날리는 눈을 바라보았다
바람에 눈발이 요동치더니
빗살무늬로 가슴팍이 시리게 다가왔다

인사과에서 호출
겨우 49세인데
후배에게 자리 물려달라고 한다
아이들 교육 문제
먹고 살아가야 할 일
순식간에 쇳덩이로 머리를 때렸다

회사는 생존을 위해
푸르디푸른 잎사귀도 떨어뜨려야 하듯
아직 꽃을 피워내는 파란 생명을 가졌지만

떨어져 산화하는 거름
누군가는 대속물이 되어야
내가 속한 가지가 산다는 절대 명제
거부할 명문이 없다

퇴직원을 제출하고
직원들과 어색한 작별인사
빛바랜 책상 서랍을 정리하기 시작한다
버려야 할 것들
가져가야 할 것들
집어내는 손에 따라 갈라지고
서랍 속에도 이승과 저승의 갈림길
회사에 아무리 용을 쓰고 노력해도
떠날 때는
이승에 남겨진 박스 한 상자
덩그러니 남겨진
순백색 뼛가루 항아리 하나

〈박스 한 상자〉하면 떠오르는 생각이 있다.

내 삶에 얽힌 두 가지 상반된 경험이다.

첫 번째 경험은 회사가 태평로 본관에서 강남 사옥으로 이사할 때 일이다. 내 책상 서랍을 정리하면서 버려야 할 것들은 휴지통에 버리고 박스에 담아야 할 소지품을 정리하였다. 무의식적으로 서랍 안에서 버려야 할 서류들을 정리하고, 여분의 신발들도 박스에 쑤셔 넣었다. 내 소지품을 〈박스 한 상자〉에 포장하고 내 이름표를 박스에 붙였다.

다음 날 이삿짐 업체가 포장된 〈박스 한 상자〉를 강남 신사옥 내 책상에 옮겨놓았다. 포장된 박스를 개봉하여 서랍에 다시 정리하였다. 소지품을 담았던 빈 상자는 죄의식도 없이 그대로 휴지통에 버려졌다. 내가 일하는 장소와 환경은 많이 변했지만 나는 업무 환경에 적응할 뿐 〈박스 한 상자〉에는 관심이 없었다.

매일 해돋이와 해넘이가 찬란한 눈부심으로 나의 눈을 비추지만 바쁜 일상 속에서 느끼지 못하는 이치와 같다고나 할까? 나의 주위를 둘러싼 이 세계를 말로 설명하고는 있지만, 어떻게 이야기하든 내가 보는 이 세계가 나를 둘러싸고 있다는 엄연한 사실은 변하지 않지만 나는 느끼지 못하는 것과 같은 것이다.

두 번째 경험은 12월에 예고도 없이 찾아 왔다. 갑자기 인사과 임원이 면담을 하자고 연락이 왔다. 무슨 일인지 궁금해서 한걸음에 달려갔다. 그 동안 업무성과가 탁월하여 본사에서 수여하는 상을 여러 번 수상 한 적이 있었는데 임원으로 승진이 안 되어서 나의 심성관리를 위해서 면담 요청을 한 것으로 생각했다.

그는 어둡고 심각한 표정을 짓고 있었다.

"부장님, 이번에 조직 개편이 예정되어 있는데 부장님이 맡은 조직이 해체되기 때문에 담당 부장이 되고 물류 전문가이시니 자(子) 회사의 부장으로 전줄했으면 합니다. 회사 여건상 자회사 임원으로 승진하는 것은 어렵습니다."

그는 전출 얘기를 어렵게 꺼냈다.

나는 순간적으로 현기증이 나고 가슴에 칼바람이 불어와 내 몸이 난도질 당한 것처럼 가슴이 쓰렸다. '그동안 매년 탁월한 업무 성과를 내고 승승장구 했던 나였는데 이것이 모두 허상이었구나! 어떻게 대처하지!' 마음속이 착잡 해지고 복잡한 생각들이 동시에 팝업창처럼 펼쳐졌다.

'계속 버텨볼까? 아니야, 후배들에게 추한 꼴을 보이지 말자! 아름답게 퇴 장하자, 역사의 뒤안길로 …….'

직원들과 어색한 작별인사를 하고, 책상 서랍에 있는 소지품을 박스에 담 았다. 직장생활에 담겨진 희로애락(喜怒哀樂) 추억들이 〈박스 한 상자〉에 집 (ZIP) 파일처럼 압축되어 있었다. 자회사 전출을 결심하고 휴가를 혼자 떠났 다. 고향 압해도 섬, 땅에 누워있는 아버지를 만나서 하소연 하고, 내가 살았 던 옛 집터 우물가도 가 보았다.

"동암아! 압해도 촌놈이 대한민국 최고 기업 본사에서 부장까지 했으면 출 세했으께잉 잘한 것이다."

아버지가 당상 나무 아래에서 크게 소리치는 있는 것 같았다.

서울로 올라오는 날이 크리스마스 전날이었다. 태안에 위치한 천리포 수 목원 내 게스트 하우스에 하룻밤을 묵었다.

그날 밤 쏟아지는 별이 내 쪽으로 날아와 가슴을 찌르고 나도 모르게 하늘 에 대고 욕을 해대고 울부짖고 있었다. 중년 남자의 고독한 눈물이 〈박스 한 상자〉 위에 뚝~뚝 떨어지고 상자는 뜨거운 눈물을 맞으며 윙윙 거리고 있었 다.

산행

바위에 걸터앉아
골짜기에 흐르는
청아한 물줄기 소리를 듣는다
그러나 산에 나는 없다.

계곡 물은
바위에 흐르고
나무를 적시고
대지에 스며드는데
내 얼굴에 다가서다가
되돌아간다.

물은 물대로
나무는 나무대로
산새는 산새대로
산에 모두다 셋방살이

나는 이것들을 무거운 등산화로
짓밟아 무효화 시키고 있다.

산에
나는 없다.

100대 명산을 정하고 산행을 시작한 지가 14개월이 되었다. 지금까지 30개의 산을 오르게 되었으니 지인들은 내가 산악인이 되었다고 너스레를 떤다. 산행을 시작하기 하게 된 것은 다니던 회사에서 갑자기 자회사로 발령을 받으면서 울적한 마음에 한라산 등반을 하면서 온 세상을 하얗게 덮은 설산에 매료된 것이 계기가 되었다. 그 이후 100대 명산을 다니면서 정말 많은 고생을 하였다.

　더구나 나는 오른다리가 소아마비라 보통사람들이 5시간에 다녀오는 산을 10시간 정도 시간이 걸렸다. 이 경우 등산 시간이 길어져 예상치 못하게 야간 산행으로 이어졌다. 명지산에서는 한때 조난되어 간신히 길을 다시 찾아 새벽 1시에 하산한 적도 있었다.

　가장 기억에 남은 산행은 고등학교 1학년인 아들과 지리산 산행을 한 것이다. 5박6일 여름휴가 기간 동안 아버지와 아들이 더구나 10대인 아들과 장기간 여행을 하는 것은 정말 쉽지 않았다. 운전 중, 내가 무슨 말을 아들에게 하고 있으면 그는 항상 귀에 이어폰을 꽂고 있었다. 아무런 반응이 없어 아들 어깨를 툭 치면 한쪽에 귀에 있는 이어폰을 빼고 할 말이 있으면 하라는 눈짓을 보낸다. 내 얘기가 끝나면 다시 나에게 아무런 대꾸를 하지 않고 다시 이어폰을 귀에 꽂아 넣었다. 이때마다 나는 화가 나서 속이 부글부글 끓고 있지만 여행을 망치고 싶지 않은 심정으로 다시 내가 하고 싶은 말을 이어가고 마음속에 참을 '忍' 자를 새기고 있었다.

　아들과의 휴가 기간 동안의 하이라이트는 1박2일의 지리산 산행이었다. 산행 첫날에는 정상인 천왕봉을 오른 후 세석대피소로 이동하는 약 15km 정도 되는 긴 거리였다. 세석 대피소 2km을 앞두고 지리산에는 순식간에 짙은 어둠이 내렸다. 몸도 마음도 지쳐서 산행 속도는 점점 줄어들고 피로감이 온몸을 휘감고 정말 쓰러질 것 같았다. 이 때 아들이 내 상태의 심각성을 알았는지 황급히 다가와서 말했다. "아빠, 가지고 있는 짐을 나에게 덜어줘, 내가 앞장서서 갈 테니 그대로 따라 오세요. 조심해야 돼요!"

아들 입에서 이런 말이 나오다니, 처음으로 아들에게 이런 말을 듣는 순간 가슴이 뭉클해지고 나는 지친 몸을 아들에게 의존하게 되었다.

'허허참, 이런 날이 올 줄이야'

나는 혼자 되뇌며 믿음직스러운 아들 표정을 보면서 빙그레 웃었다. 사방이 캄캄한 지리산에는 아들과 나, 둘만의 발자국 소리가 고요한 정적을 깨고 가끔 내가 뿜은 거친 숨소리는 구름에 젖은 나뭇가지를 놀라게 했다. 하산하는 길에 마주앉은 지리산 한신 계곡은 여러 개의 폭포로 이루어지는 장관이었다.

바위에 걸터앉아 눈을 감고 오감을 열고 소리를 들었다. 계곡에 흐르는 물소리, 새 소리, 나뭇가지에서 풍기는 향기가 내 몸속에 흐르고 있었다. 산에서 생물과 무생물이 만들어내는 청아한 소리는 내 몸에 공명음을 만들어내고 있었고, 다시 그 소리는 계곡의 폭포를 타고 산으로 올라가 산 아래로 울려 퍼졌다. 내 육신은 지리산에 분명히 있는데 나는 없었다.

'누가 인간이 만물의 영장이고 이 세상을 정복하라고 했는가?'

'인간이 만물의 영장이라기보다는 산이라는 거대한 집에 다른 생물 그리고 무생물과 같이 셋방살이하는 평등한 관계가 아닌가?'

'그러나 나의 몹쓸 자아는 그들과의 평등 관계를 무효화시키고 이기심으로 산을 정복의 대상으로 대하는 것이 아닌가?'

산행을 통하여 아들과의 믿음을 회복을 할 수 있었고 산과 내 육신이 하나가 되는 산아일체의 경험을 하게 되었다. 그래서 산 정상을 오르고 무사히 내려올 때마다 나를 무사히 보내준 산에게 늘 감사한다.

Being Humble to the Mountain. 산아! 정말 고맙다.

살아 있네

출근길 전철 안
뻐드렁니처럼 도드라진 가슴을 가진
한 여자
어디에 서 있을까 두리번거린다
어느새 내가 앉아 있는 자리 앞
장승이 되어 우뚝 서 있다

점점 사람들이 북적이고
그녀의 얼굴과 허리사이 볼륨감 있는 산봉우리
내 얼굴로 간격을 좁혀오고 있다
전철이 멈추고 다시 출발 할 때
양쪽 봉우리 번갈아 쓰나미 물결일고
소설책 읽고 있는데
앞쪽으로 자꾸 시선이 간다
그녀와 눈빛이 마주쳤다
소스라치게 놀라 눈을 내리깔고

다음 책장을 펼치는데

헉! 에로틱한 장면이 나온다
무릎 위 가방
무엇이 자꾸 올라와 가방을 찌른다
가방은 아프다고 계속 칭얼대고
....
어! 살아 있네

매일 아침 7호선 도봉산역에서 전철을 타고 건대입구역을 지나 강남역으로 출근을 한 적이 있었다. 나는 전철안 사람들을 관찰하고 그들의 용모를 보고 나름대로 성격 분석도 하고 거룩한 상상력을 발휘하여 시어를 만들면서 카타르시스를 느끼는 기쁨을 누리기도 한다. 도봉산역은 7호선 종점이라 매번 앉아서 출근하는 기쁨을 누릴 수 있었다. 어느 날, 나는 새벽 전철에서 책을 읽고 있었다. 그 책은 "은교"였다. 상봉역에서 글래머 여인이 전철에 들어섰다. 그 여인은 잠시 주변을 두리번거리더니 어느덧 내 앞으로 저벅저벅 걸어오고 있는 것이 아닌가?

가슴 볼륨감이 있는 그녀가 내 앞에 장승처럼 서 있었다. 역마다 사람들이 탑승하면서 전철 안에는 사람들이 점차 붐비기 시작했다. 나의 얼굴과 그녀의 풍만한 봉우리가 가까워지자 소설책 읽는 것에 집중하기 어려웠다. 얼굴을 잠시 들어 위를 올려보다가 그녀와 눈이 마주쳤다. 나는 순식간에 얼굴이 빨개지고 창피한 마음에 바로 소설책 뒷장을 넘기는데 헐! 남녀 간의 흘레붙은 장면이 나온다. 난감한 상황이 거의 동시에 일어났다.

서류 가방을 무릎 위에 올려 놓았는데 그 밑에 염치없는 놈이 자꾸 꿈틀거린다. 오매! 이 난감한 상황을 어쩐다 …….

당혹한 일이었지만 그것이 아직 펄떡이는 물고기처럼 살아 있으니 한편으로는 머리 숙여 감사할 따름이다. 나이 오십에 그것이 살아 있다는 것을 느끼는 위대한 경험이었다. '은교'에서 '서지우'라는 제자가 이적요 시인을 늙은이라고 치부할 때 그가 하는 말이 생각났다. "젊음은 내가 가지고 싶어서 가진 것이 아니고 그냥 주어진 것이라고, 늙음도 세월이 나에게 만들어준 것이라고 내가 선택한 것이 아니라고 …….나이가 들어 느낄 수 있다면 큰 축복이라고, 살아 있다는 것을 반증하는 거니까." 내가 천적요 시인이 되어가고 있는 것인가! 자족하면서 눈가에 웃음이 일었다.

그 여인은 삼성역에서 내렸다. 나는 그녀의 뒷모습을 유정하게 바라보다가 피식 웃으면서 소설 다음 책장을 넘겼다.

천리포 바닷가에서

나이가 들어가면서
욕망으로 빛나는
동해의 일출보다
온몸을 불사르며 스러져가는
서해의 일몰이 좋다

사람들은 희망찬 동해의 일출이
최고라고 얘기하지만
용솟음치는 동해의 파도가
좋다고 얘기하지만

서해의 일몰은 잔잔한 파도에
간지럼을 타며 수줍어 붉어지는
새색시 얼굴이 있어서 좋다

한때 눈부신 일출처럼

화려한 여인이 좋았지만
살아온 세월만큼

이마에 주름살이 있고
아랫배가 도드라지게 나왔지만
치열하게 살며

나를 위해
오늘이 마지막 날인 것처럼
황혼을 불태우는
서해의 일몰 같은 여인이 좋다.

2월 어느 날 주말에 혼자서 차를 운전하고 천리포 수목원에 가게 되었다. 수목원은 천리포 해변을 품고 있었다. 천리포 수목원에서 바라본 서해 바다 일몰을 유심히 내려 보면서 소멸의 아름다움에 대하여 느낀 감정을 시어에 담았다.

보통의 경우 사람들은 동해의 일출은 호연지기 기상으로 희망찬 미래를 얘기하고 일몰의 허전함과 초라함에 대해서는 말을 아끼는 경향이 있다. 삼라만상은 시작이 있으면 끝이 있듯이 인간의 삶도 태생과 소멸의 모습을 갖고 있다. 어쩌면 한창 잘 나가는 사람이나 기업도 모두 다 최선의 노력을 하여 탁월한 성과를 내고 칭찬을 받지만 지속적인 성과를 창출하는 것이 어렵다.

지금까지 성과는 어제에 내린 눈으로 인식되고 궁극적으로는 서해의 일몰처럼 스러져가는 것이다. 젊은 시절에 화려한 일출과 같은 여인이 좋았지만 나이가 들어가면서 점차 생각이 바뀌게 되었다. 늙어가는 아내의 가식 없는 민얼굴, 자기 밑바닥을 서로 비추며 처연하게 꺼져가는 불꽃이 더욱 아름답다는 것을 역설적으로 얘기하고 있다.

강렬한 아침 햇살보다 더 수줍고 얌전히 스러져가는 일몰이 결국에는 우리가 살다가 죽는 진혼곡이 배어있는 것이 아닐까?

아빠 아버지

아이들이
내 키보다 크기 시작할 때

교육비가 월급에서 많이 빠져나가
친구와 소주 한잔 마시고 싶지만
딸아이 학원비 생각나
전화로만 안부를 전한다

퇴근하고 집에 돌아오면
두 놈이 한꺼번에 '아~빠'
소리 지르며
달려들어 내 팔에 매달리며
볼에 볼을 문지르고
노란 유채꽃 향기
달콤했던 아득한 추억들

지금 퇴근하고 집에 왔는데

아이들은 이제는

재잘거리지 않고

방에서 나오지 않는다

가슴만 쓸어내리며

아이들 방 앞에서 서성이면서

매번 헛기침만 한다

추수하고 남은 쭉정이처럼

아빠는 가고

아버지만 남는다

서울대 송호근 교수가 저술한 책 「그들은 소리 내 울지 않는다」를 읽고 나는 내 서재 방을 잠그고 책 표지의 내용처럼 소리 내지 않고 울었다. 이 책에서 그 눈물의 의미는 베이비부머 세대의 현재의 시대상을 가감 없이 솔직하게 묘사하였다. 그 내용이 내가 당면한 문제와 똑같은 문제이고 젊어지고 가져가야 할 삶의 질곡이었다. 저자가 얘기한 베이비부머는 '가교 세대 (Bridging Generation)'라는 말이 특히 공감이 간다.

가교 세대(다리를 놓은 세대)는 두 가지 의미가 있다고 지적한다. 첫째는 부모 세대와 자식 세대의 모든 부양책임을 스스로 짊어지면서도 '농업 세대'와 'IT 세대' 사이에 소통을 책임지는 세대이다. 둘째는 근대와 현대 사이에 가교 역할을 했다. 현대가 시작되는 1970년대에는 신문명의 담지자가 되었고, 1980년대에는 '운동권 세대', 1990년대에는 '탐닉 세대'가 마음껏 뛰어놀 수 있는 토대를 만들어주었다. 즉, 베이비부머는 '근대'가 끝나는 절벽에서 '현대'로 나아갈 수 있는 교량 역할 담당한 것이다. 그런데, 문제는 정작 베이비부머 자신을 위해서는 누가 자신들의 다리가 되어줄 것인지 반문하고 있다. 저자가 이 책을 쓰게 된 동기도 흥미롭다. 어느 날 친구들과 술 한잔하는 모임을 끝내고 대리 기사를 불렀는데 대리 기사가 저자와 같은 베이비부머였다. 그 대리 기사와 대화를 하면서 베이비부머의 삶 내용을 진지하게 파헤치고 싶은 충동이 있었다고 한다. "10년만 버티면 돼!"의 내용은 더욱 공감하는 내용이다. 저자가 만난 베이비부머들의 공통 슬로건이었다.

정년은 아직 남았고 그때까지는 생활비 걱정은 일단 접어둘 수 있으니까. 단, 일생 최대 과제인 자식들 교육과 결혼은 남았다. 베이비부머의 맨 저층에서 이런 각오를 다지는 사람들을 만나면 고개가 수그러진다고 한다. 부모는 저학력 농부였고 형제자매는 너무 많았다. 이제 막바지 자식 농사와 노후 생계 근심에서 벗어나지 못하는 눈물겨운 얘기를 1인칭 관점에서 얘기 속 얘기 (Story In Story) 형태로 서술한다.

김난도 교수가 저술한 책 「아프니까 청춘이다」는 젊은 층에게 삶의 희망의 두레박을 선물하였지만, 송호근 교수는 "아픈 청춘은 그래도 행복하다"라고 일갈한다. 베이비부머는 몸과 마음이 지치고 힘들지만 자식 뒷바라지와 부모 부양 때문에 아프면 아프다고 말하지 못하고 쓸쓸한 뒤안길에 쭈그리고 앉아 가슴만 쓸어내릴 뿐이다. 아이들에게 사랑을 받은 아빠에서 책임감만 강요당하는 것이 베이비부머의 아버지인 셈이다. "아빠 → 아버지"는 어쩔 수 없는 서글픈 현실이다.

밥벌이의 지겨움

일요일 저녁에 개콘을 본다

내일이 월요일인지 망각한 채

희희낙락 하다가

개콘이 끝나면 무섭게 다가오는 허망함

냉장고에 백세주를 꺼내어 두려움을 마신다

술병 바닥이 드러날 때

월요일 아침 실적 회의 생각하니

싸늘하게 내리는 서릿발이 가슴에 꽂힌다

혼자 밥만 먹고 살면

한 끼에 6,000원

돈벌이가 없다면 두 끼만 먹어야 하니

하루에 12,000원만 필요한데

마누라, 아이들 생기면서

벌어야 하는 돈은 사람 숫자만큼

곱하기가 되어가고

가끔 만나는 지인들과
막걸리라도 마실 돈도 있어야 한다
그러나 돈을 언제까지 벌어야 하는지
아침 안개 속에 갇혀 있다
뒷골목 선술집에서 친구들과 술 한 잔 하면서
십년만 버티자고 얘기를 하는데
터놓고 얘기를 못하지만
그때까지 버티는 사람이 얼마인지 생각해 보면
무너져 내리는 마음
어느 모퉁이에 앉아 소리 내지 않고 울고 싶다
월요일 아침 출근길 나서는데
밥벌이 지겨움
나사처럼 단단히 조여오고 있다

매일 밥을 먹는다. 인간이 태어나서 80세까지 생존한다고 가정하면 87,600끼니를 먹는다.

1끼니에 100g 정도이니, 한사람이 소비하는 양은 20kg 기준으로 438가마니가 된다. 밥을 씹은 질감과 모습은 노숙자나, 부유한 사람이나 똑 같다. 밥 앞에는 모두 평등하다고 할까? 소설가 김훈은 밥에 대해서 다음과 같이 얘기를 하고 있다. "모든 밥에는 낚시 바늘이 들어 있다. 밥을 삼킬 때 우리는 낚시 바늘을 함께 삼킨다. 그래서 아가미가 꿰어져서 아가미가 밥 쪽으로 끌려간다. 저쪽 물가에 낚싯대를 들고 앉아서 나를 건져 올리는 자는 누구인가? 그 자가 바로 나다. 이러니 빼도 박도 못하고 오도 가도 못한다. 밥 쪽으로 끌려가야만 또다시 밥을 벌 수가 있기 때문이다."

나는 하루의 일과를 끝내고 노동의 수고로움과 돈을 버는 마음의 위안을 사랑한다. 그러나 때로는 밥벌이가 지겹다. 이 땅의 가장(家長)은 밥벌이를 위해서 전날 속이 뒤집어지도록 술을 먹어도 매일 집에서 밥벌이를 위해 돈을 벌기 위해 지친 몸을 이끌고 다시 만원 전철에 몸을 싣는다. 이것이 밥벌이 하는 사람들의 숙명이기 때문이다. 일요일에 개그콘서트가 끝나고 허무가 몰려왔다. 창밖을 보니 어둠이 내리고 어떤 남자는 비오는 처마 끝에 몸을 구부리고 담배를 피우며 내일 밥벌이 고뇌를 뱉어내고 있는 것처럼 보였다. 밥벌이! 지겹다.

바니타스(VANITAS)

성당 지하 한 모퉁이
자물쇠로 잠겨 있는 유리관 뒤편
정갈하게 놓여 있는 꽃무늬 항아리
옹관묘(甕棺墓)도 시든 꽃이 되어
바래지고 있다

친한 형 이름이 보인다
가슴속 바닥을 치고 올라오는
먹먹함
가녀린 슬픔
손으로 꾹꾹 눌러보았지만
어느새 손 틈으로 빠져나와
눈시울을 뜨겁게 한다

몇 줌의 순백색 가루는
모래시계가 되어

옹관묘 바닥에 깔려 있고
시작과
끝을
가리키고 있다

향로에 향을 피운다
불꽃이 점화하는 동안
그의 얼굴이 비추고
이내 연기 속으로 사라져간다
향냄새 내 얼굴을 감싸고
그가
다시
내 얼굴을 쓰다듬는다.

※ 바니타스(VANITAS): '바니타스'는 인생무상이라는 뜻의 라틴어. 전도서의 "헛되고 허되고 모든 것이 헛되도다"에서 "헛되다"의 라틴어인 바니타스(VANITAS)이다. 정물 그림의 화면에 놓인 담뱃대 위로 피어오르는 '연기', 모래시계, 엎질러진 유리잔, 촛불 깃털 등은 모두 '일시적인 것', '부질없는 것'을 상징한다. 여기에 압권으로 등장하는 해골과 뼈 역시 가장 강력한 허무의 상징이다.

고(故) 김성원 박사 추도식에 참석했다. 그는 의정부 신곡동 성당 지하에 있는 "천사의 집"이라고 불리는 납골당에 있다. 납골당 안, 그는 모퉁이에 둥지를 틀고 있었다. 정말 좋아했던 형이었다. 그의 사진과 이름을 확인하는 순간, 갑자기 눈시울이 뜨거워지고 목이 메었다. 그가 하늘나라로 가기 1주일 전(前) 아버지 장례식에 문상을 왔다. 얼굴이 너무 창백하고 핏기가 없어, "형, 병원에 가봐, 얼굴이 너무 안 좋다."라고 말하면서 만났던 순간이 현세에서 마지막 만남이었다. 물류협회에서 의뢰 받은 책을 쓰기 위해서 매주 내 집에서 집필 작업과 아이디어를 교환했던 정겨운 추억이 아직 가슴 시리게 남아있다.

고(故) 김 박사와의 인연은 1995년 9월에 시작되었다. 중앙대학교 대학원에서 물류 공부에 대한 열정으로 시작된 그와의 만남은 수업이 끝나고도 물류에 대한 토론이 이어지고 "물류보국(物流保國)"이라는 사명감을 불태웠던 그였다.

그가 있는 납골당과 내가 살고 있는 집은 지척에 있다. 퇴근 후 신곡성당을 지나서 집에 가는 경우도 있는데, 그곳을 지나칠 때마다 그의 숨결이 느껴진다.

어느 날, 책을 읽다가, 정물화 그림을 발견했다. 이 그림은 짧은 생의 덧없음과 변화를 주제로 하는 "바니타스(Vanitas)" 그림이다. 바니타스 형태의 그림들에 공통으로 담긴 메시지는 인생허무이다. 기독교 성서 중 전도서에 쓰인 "바니타스 바니타툼 옴니아 바니타스(Vanitas vanitatum omnia vanitas); 헛되고 헛되도다 모든 것이 헛되도다."의 글귀의 첫 단어를 따온 것이다.

그림의 화면에 놓인 담뱃대 위로 피어오르는 "연기, 꽃, 모래시계, 엎질러진 유리잔, 촛불 깃털 등은 모두 '일시적인 것', '부질없는 것'을 상징한다. 여기에 압권으로 등장하는 "해골과 뼈" 역시 가장 강력한 허무의 상징이다. 이 그림을 유정하게 바라보면서 고인(故人)인 김성원 박사가 중첩되었다. 이 그림이 그와의 삶의 궤적 일부분을 같이했던 사람으로서 연기처럼 사라진 고

㈎ 김 박사의 생애를 생각나게 했고 그에 대한 그리움의 생채기가 다시 돋아났다. 아! 그를 생각하면, 깊어가는 이 가을에 인생무상이라는 짙은 우수에 젖어 드는 것을 어찌 할 수가 없다.

순대는 다시 죽는다

이른 아침 순대 국밥집에
사람들이 북적인다
죽은 순대가 살아있는 순대에게
생기를 불어넣은 위대한 순간이다

짙은 화장에 젖가슴이 다 드러나는 옷을 입고
소주에 해장술을 곁들이며 꺼억 하는 트림소리에
간밤에 시달린 시름도 뚝배기 수증기 속으로 사라져간다
남루한 작업복에 하루 힘든 일을 시작하며
이 순간 막걸리로 생의 환희를 느끼는 사람들
머리에 하얀 눈을 이고 살며
오늘이 마지막 날인 것처럼
이른 아침 "……. 위하여"를 외치는 노인들

한명의 중년 남자
순댓국을 사이에 놓고 마주앉은 여자

말이 없다

남자는 막걸리로 반주를 곁들이면서

연신 스마트폰을 만지작거린다

여자는 핏기 없는 얼굴로

벽에 흐르는 TV 연못을 응시하며

가끔 피식 혼자 웃는다.

둘 사이에 침묵의 간격이 길어지고

죽은 순대는 다시 죽는다.

이른 아침 산행을 위해 산 근처 순댓국집을 찾았다. 음식을 주문해 놓고 순댓국을 먹고 있는 사람들을 유심히 살폈다. 두 명의 여인이 술을 마시고 있었다. 나이가 들어 보이는 여인은 얼굴 윤곽이 잘 드러나는 짙은 화장이 그대로 있고 빼드렁니처럼 드러난 젖가슴은 유난히 도드라져 보였다. 그녀들은 소주에 해장술을 곁들이면서 수다를 떨면서 밤새 진상을 떠는 손님들 욕도 하면서 깔깔거리며 웃고 있었다. 한쪽 구석에 남루한 작업복을 입은 사람들이 근처 건설현장에 일하는 사람들로 보였다.

"하늘 좀 봐, 먹구름이 잔뜩 끼어 있어 갑자기 비가 올 것 같아. 오늘 일당은 다 못 받는 것 아니야!"

그들의 걱정스러운 눈빛이 역력히 보였다. 그들이 순댓국을 후룩후룩 게걸스럽게 먹는 소리가 하루 시작을 알리는 자명종 소리로 들렸다. 식당 중앙에 넓게 자리를 점령하고 "……위하여" 연신 외치는 열댓 명의 노인들이 있다. 산행하기 전(前)에 해장술을 곁들이고 산을 오르려는 것 같기도 하고, 아니면 산행을 핑계로 집을 일찍 나와 친구들과 어울리는 시간을 보내기 위해 나온 것 같기도 하다.

한 중년 부부가 순댓국을 사이에 두고 마주 앉아 있다. 남자는 막걸리를 먹으면서 스마트폰으로 게임을 하고 있다. 여자는 남자의 관심을 끌려고 연신 말을 걸어보지만 남자는 아무런 대꾸를 하지 않는다. 대화가 안 되자 여자도 벽면에 있는 TV만 응시하면서 순댓국을 먹는다.

순댓국 식당에서 관찰한 이른 아침 풍경화이다. 순대는 돼지의 창자를 잘 손질한 후 그 안에 사람의 몸에 좋은 재료를 넣어서 먹는 서민 음식이다. 따지고 보면 우리는 몸 안에 있는 살아 있는 순대(창자) 안에 죽은 순대를 넣어서 에너지를 얻는 것이다. 순댓국을 먹는다는 것 자체가 하나님이 아담의 코에다 생기를 불어 넣은 것과 같은 위대한 순간이 아닐까? 식당 안에서 순댓국을 먹은 4개 그룹이 있다. 3개 그룹(밤일 하는 여자들, 건설 현장 작업자, 노인들)

은 상호간에 원활한 의사전달을 한다. 그들이 무슨 일을 하는 사람인지, 어떤 부류 사람인지가 중요한 것이 아니다. 중요한 것은 순댓국이 서로간의 살아 있음을 확인하는 매개체 역할을 한다는 것이다. 그러나 한 중년 부부는 순댓국이 부부간의 원활한 소통을 하지 못한다. 순댓국의 문제가 아니라 국을 먹은 입과 가슴이 감정적으로 너무 멀리 떨어져 서로의 마음이 닫혀있기 때문이다. 이들 부부 입에 들어간 순대는 생기를 불어 넣지 못하고 다시 부관참시 [剖棺斬屍] 운명에 놓인 것이다. 이 시를 통해 가정이나 직장에서 일어나는 인간상의 다양한 소통의 방법과 중요성을 순댓국을 통해 살짝 엿본 것이다.

부부, 그 불규칙 동사에 대하여

서로의 이름 대신에
'자기야'라는 호칭이 익숙해질 무렵
같은 방에서 속옷 차림으로 아침을 맞이하여도
어색하지 않은 사이
서로의 눈망울을 자애로운 눈빛으로
쳐다보는 사이
그때, 우리는 한 지붕 아래에 살게 되었다

매일 밥상에 놓여 있는
두 개의 밥사발
밥그릇과 밥그릇 사이에
침묵이 늘어나고
입에 들어가는 밥맛이 까칠해지고
부부는 결국 홀로서기 해야 한다고 느낄 때
폭풍 갈등이 시작되고
예측 가능한 규칙적인 일상이

어느새 불규칙 동사가 되어가고
절뚝거리기 시작한다

아이가 생기고
자라나는 아이 눈망울 통해 비추는
서로의 거울을 내보이며
맨 얼굴을 보이기도 하지만
자식새끼 잘 키우려고 몸부림치다가
서로에게 가시 돋친 말 한마디
가슴에 담아 도드라진 상처
파랗게 멍들어 가고 있다

아이가 부부의 키보다 크고
잔소리에 항상 토를 달기 시작할 때
아이들은 떠나고
밥상에는 예전처럼 두 개의 사발만 남기고

속옷 차림으로 방귀를 뀌어도 부끄럽지 않은 사이
불규칙 동사 위에 또 다른 불규칙 동사
덧씌워져 그려지고
지금까지 살아온 세월 장작 되어
서로의 마음에 난로 되어 타들어 간다.

연애시절에 고운 피부, 몸매도 예쁜 그녀, 그녀의 눈망울만 쳐다보아도 행복해지던 시절이 있었다. 신혼시절이 지나가고 아기가 태어나고 먹고 사는 일에 바빠서 부부간 소통이 부족하고 말다툼이 잦아들기 시작한다. 어느 날 부부 싸움을 하고 집을 나가 혼자서 소주도 마시고 객기도 부려본 적이 있었다. 어느 토요일 오후 침대에서 늦잠을 자는 아내를 유정한 눈빛으로 바라보고 있었다.

시나브로 아내는 얼굴에 주름살이 생기고 뱃살이 늘어가고 있었다. 그 동안 살아온 세월을 잠시 회상하고 있는 순간 아내가 무심결에 "뿡"하고 방귀를 뀌는 것이 아닌가! 나는 익숙하지 않은 그녀의 방귀소리에 잠시 정신이 몽롱해졌다. 왜냐하면 결혼 20년 동안 그녀는 내 앞에서 한 번도 방귀를 뀐 적이 없었기 때문이었다. 항상 아내는 천생 여자라고 생각하고 있었는데 이런 상상이 무참히 깨지고 만 것이었다. 과연 "부부"라는 것이 어떤 것인지 사랑은 명사가 아니라 싸우든 친해지든 움직이는 동사라는 것이었다. 그러나 처음부터 불규칙동사였다라는 사실을 결혼하고 한참 지나서야 알게 되었다. 어느 순간 싸우고 화해하면서 서로가 닮아 가고 있는 모습을 발견한다.

그 불규칙 일상의 동사가 세월이 흐르면서 불협화음은 불속에 던져지고 다시 맨 얼굴, 맨 바닥을 드러낸다. 2개의 밥사발 → 4 or 3 밥사발 → 다시 2개의 밥사발. 결국 부부란 사랑을 계속 덧칠하면서 서로에게 의지하는 난로가 되어가는 것이다.

96

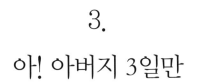

3.
아! 아버지 3일만

천가(千家) 박가(朴家)

새벽 5시경에 핸드폰이 요란하게 울렸다.

'이 새벽에 무슨 전화일까?'

나는 물류업무 특성상 아무리 늦은 시간이라도 전화를 받은 것이 몸에 배어 있다. 물류업무는 24시간 운영되어 누군가 새벽에 전화를 거는 경우는 창고나 운송 중 사고가 발생하여 순간적으로 의사결정이 필요하기 때문이다.

졸린 눈을 비비며 서재로 들어가 전화를 받았다. 전화를 건 사람은 어머니였다.

'이 시간에 어머니가 왜 전화를!'

순간적으로 당황하였다. 어머니와 나는 새벽에 전화를 걸 정도로 살가운 정이 없다. 더구나 1년에 두 번 정도 형식적인 외가(外家)방문을 하고 외가에 가는 것도 어머니보다는 외할머니 때문이다.

"동암아! 방금 할머니 천국 가셨다."

어머니는 짧게 내용을 알려주고 장례식장 관련해서는 나중에 다시 알려주겠다고 하면서 전화를 끊었다.

'지난주에 외가에 갔을 때 할머니는 건강이 좋지 않았는데 운명하셨구나.'

순간 마음에 파란 구멍이 생기며 창밖에 어슴푸레 들이마신 찬 새벽공기가 시리게 다가왔다.

내가 세 살 때 어머니와 아버지의 이혼을 적극적으로 추진한 분이 외할머니였다. 부모님이 이혼 후, 나는 절로 보내졌다. 할머니는 겨우 23살인 딸이 혼자서 아이를 키우는 것이 어렵다고 판단해서 나를 절에 보내기로 결정을 한 것 같았다. 외할머니 얘기로는 절에 보내기 전날 밤에 세 살 배기인 나는 할머니 품에 얼굴을 깊숙이 묻고 떨어지지 않으려고 손을 꼭 잡고 안간힘을 썼다고 한다. 추위에 입술이 파랗게 오들오들 떨고 있는 모습이 마치 짐승 새끼가 어미에게 떨어지지 않으려고 처절하게 몸부림치는 것 같았다고 했다. 할머니는 그 때 처절했던 기억이 가슴에 주홍 글씨로 남아 평생을 괴로워했었다.

외할머니 부고 소식을 듣고 이복(異腹) 동생들에게 이 소식을 알려야 할지 말지 고민에 빠졌다. 표면적으로 나의 아버지쪽 두 명의 이복동생들에게는 혈육관계로는 아무런 관련성이 없기 때문이었다. 고민하다가 동생들에게 외할머니 부고 소식을 알렸다. 밤 11시경에 두 명의 동생들이 장례식장을 찾았다. 어머니는 이혼 후 박가(朴家)

성을 갖은 분과 재혼하고 아들과 딸, 두 명의 자녀를 두고 있다.

외할머니 장례식장에서 천가(千家) 그리고 박가(朴家) 동생들이 처음으로 만났다. 무엇이라고 말할 수 없는 묘한 감정이 잔잔한 미풍처럼 일렁이고 있었다. 내 존재가 생부와 생모 사이에 이들 동생들이 만나게 해주는 오작교(烏鵲橋)같은 역할을 해주는 것이었다.

그 동안, 성씨(姓氏)는 다르지만 나는 이들 동생들의 큰 형이고 비록 많은 도움을 주지 못했지만 동생들에게 성씨를 따지지 않고 진실하게 대하고 사랑을 주려고 노력했다. 지금까지 성씨가 다른 형제들에게 파생된 나의 의무감, 부모님 이혼에 따른 광야 같았던 나의 삶, 부모님들(아버지와 새어머니, 어머니와 새아버지)에 대한 경제적인 짐, 이 모든 것은 부모님들이 나에게 남겨진 십자가, 떨쳐 버리려 해도 젖은 낙엽처럼 바싹 달라붙은 주홍 글씨처럼 항상 내 가슴에 그려져 있었다. 이것들이 나를 힘들게 할 때마다 붉은 십자가 같은 주홍 글씨는 불에 달군 쇠줄이 되어 내 가슴을 헤집어 놓았다. 때로는 힘이 부치고 힘들어 했지만 부모님들이 만든 십자가를 거부할 수 없다면 나의 운명이라 생각하고 감사했다.

자정이 가까운 시간에 조문객은 없었다. 외할머니 영정 앞에 이들 동생들을 모이게 했다. 동생들을 할머니 영정 앞에 세워두고 나는 할머니에게 나직한 목소리로 말했다.

"할머니, 여기에 성씨가 다른 동생들이 처음으로 만났습니다. 할머니 덕분이죠. 고맙습니다. 동생들 앞에서 다시 말 할게요. 저를 절로 보내고 버리신 것 다 용서합니다. 가슴 속에 남았던 할머니의 주홍 글씨를 제 눈물로 지워 드릴게요. 이제 질곡의 삶을 내려놓고 천국에서 편히 쉬세요. 할머니! 사랑합니다."

서운함도 뼈아픔도 여명이 오는 아침에는 찰나인 것처럼 가슴 속에 울분으로 쌓였던 감정이 치솟아 할머니 영정에 머물다 이내 가라앉고 있었다.

천가(千家) 동생들이 가고 장례식장에는 박가(朴家) 동생들과 누나와 내가 남았다. 누나는 전라도 사투리를 써가면서 얘기를 시작했다. 얼굴이 붉게 달아 오른 것을 보니 술이 취해 있었다.

"박가 동상들, 내 말 좀 들어 보소. 내가 15살에 어무이 보고 잡아서 무작정 서울 와서 식모살이 하다가 연락되야서 엄마를 봤는디 엄니가 뭐라 했는지 아냐 잉? 근께, 엄마라고 부르지 말라고 했서야, '언니'라고 부르라고 했다껭. 창피하다고 잉, 이게 말이 되아브냐! 그때 나는 엄니 말이 가슴에 사무쳐야, 정말 사무쳐야!"

술기운에 누나 얼굴이 더욱 붉어지면서 두 눈에는 붉은색 물빛이 번지고 있었다.

나도 가만히 듣고 있다가 한마디 했다.

"박가 동생들, 내 말도 좀 들어 보소. 내가 17살에 서울에 와서 공장 생활할 때, 기숙사 위생이 엉망이어서 등창을 심하게 앓았었네. 그래서 마포에서 슈퍼가게 운영하는 엄마를 찾아가서 도움을 요청했는데, 엄마의 첫마디가 바빠 죽겠는데 여기는 무엇 하러 왔는지 그것부터 따지더라. 공장으로 돌아오면서 얼마나 울었는지, 그때 갑자기 죽고 싶더라. 등창 부위에는 상처가 도드라져 냄새 나고 잠도 못자고 해서 엄마랑 병원 가고 싶어서 갔는데…."

나는 말을 잇지 못하고 술김에 엉엉 울었다. 불에 달군 주홍 글씨 쇠줄이 악(惡)감정에 사무친 내 마음을 채찍질 해버렸다.

누나는 마음을 다시 진정하고 나와 박가 동생들 돌아보며 나지막하게 얘기를 했다. "동암아! 동생들이 뭔 잘못이 있건냐! 다 지난 일 아니것냐?"

동생들이 누나와 내 말을 듣고 가시방석에 앉은 것처럼 어쩔 줄 몰라 했다. 큰 동생이 어머니를 대신해서 사죄하는 어조로 넌지시 얘기를 했다.

"누나, 형, 마음고생이 정말 많았군요. 근데, 엄마 성격이 다정다감하지는 않아요. 저희들에게도 혹독하게 한 적이 많아요."

누나와 나 그리고 박가 동생들이 어머니 흉을 보면서 시나브로 서로 깔깔대고 웃고 있었다. 처음으로 동생들에게 진솔한 말을 토해내니 가슴이 후련해졌다.

장례식장에서 잠시 나와서 하늘에 있는 떠 있는 별들과 달을 쳐다보았다. 보름달 주위로 무수히 많은 별들이 저마다의 빛을 발하고 있었다.

'어쩌면 천가(千家), 박가(朴家) 동생들 그리고 누나와 내가 그 별들과 달이 아닐까? 모양과 크기가 다르고 빛깔도 다른 부조화(不調和)

지만 땅을 향해 한 방향으로 내 뿜은 빛처럼 '피'라는 공통분모가 있기에 조화(調和)를 만들어내고 있는 것이 아닐까?'

'같은 부모이든 아니면 한쪽 부모의 피를 받았던 상관없이 혈육(血쳐)이라는 것은 태생부터 부조화(不調和)이고 '피'는 서로 끄는 힘이 있기에 조화(調和)를 이루기 위해 끊임없이 노력하는 것이 아닐까?'

어느새, 새벽 달빛과 별빛들이 화음을 내며 내 귀를 적시고 내 가슴에 새겨진 주홍 글씨를 싸륵싸륵 덮어주고 있었다.

아내 졸업식

아내가 드디어 졸업했다. 공부를 시작한지 11년만이다. 결혼 전에 열렬히 아내를 사랑했을 때 아내는 나에게 이런 말을 하면서 다짐을 받곤 했다.

"결혼해서 대학 가서 공부하고 싶은데, 나를 사랑하면 그때 공부할 수 있도록 도와줄 수 있지?"

그때는 눈에 콩깍지 씌어서 무엇인들 못해주랴, 하늘에 있는 별이라도 따서 바칠 수 있는 상황이었는데, 어쨌든, 내가 박사과정 공부 시작할 무렵에 아내는 그때의 약속을 상기시키면서, 대학에 가고 싶다고 했다. 그 당시, 딸은 5살, 아들은 3살이었다. 전업주부가 대학에 가서 공부할 수 있는 상황은 아니었지만, 공부를 하고 싶다는 아내 열정을 꺾을 자신이 없었다. 내가 석사 공부할 때에도 나에게 가끔 협박을 했다.

"당신이 공부 하느라 주말시간 다 보내고 가족 신경 안 쓰고 내 인생은 어디 있나? 당신이 손을 뻗을 때 내가 항상 이 자리에 있는 것이 아니야!"

　이런 상황에 내가 박사공부 시작하면서 아내의 대학 공부를 하지 말라는 명분이 없었다. 아내가 대학 공부 시작할 때 나는 'C'음료 광주공장에서 근무하고 있었다. 그래서 아내는 만학주부 특차로 'K'대학교에 새내기로 입학하게 되었다. 아내는 30세가 넘은 나이에 공부를 시작하였지만 공부에 대한 열정은 탁월했다. 그 당시, 나는 모 대학에 겸임교수로 있으면서, 교수의 입장에서 대학생들 공부하는 방법 등을 아내에게 쉽게 가르칠 수 있었다. 대학공부, 시험 잘 보는 방법, 영어 등 대학 생활에 필요한 부분들을 아내에게 가르쳤다. 아내는 2년을 공부하고 나서 수도권에 있는 대학에 3학년으로 편입하게 되었다. 대학 졸업 후 대학원을 가겠다고 했다.

　나는 많은 고민을 하게 되었다. 왜냐하면, 아내 입장에서 보면 대학졸업이라는 학력 콤플렉스라는 것이 있기 때문에 허락하고 지원해주었지만, 대학원은 진짜 공부를 좋아하는 사람이 해야 하고, 대충 석사 공부해서는 안 되고, 전문가로서 활동을 하려면 박사까지 공부를 해야 하기 때문이었다. 나는 다시 아내에게 굳은 표정으로 물었다.

　"석사 공부해서 집에 눌러 있으려면 공부하지 말고, 박사까지 공부해서 전문가로서 활동을 하겠다면 내가 힘이 닿은 데까지 지원하겠소."

아내는 엷은 미소를 띠면서 결연한 표정으로 고객을 끄덕였다.

아내는 운 좋게 서울에 있는 'H'대학교 관광학부 석사과정에 입학하게 되었다. 어느 햇빛이 작렬하는 여름날 장인어른이 우리 집에 오게 되었다. 저녁식사를 마친 후 공원 벤치에서 장인어른은 처음으로 이런 말을 했다.

"천 서방에게 미안하네, 내가 딸아이를 대학이라도 보냈으면 자네가 고생이 덜 할 텐데 말이야."

말하는 끝이 흐리고 눈시울이 붉어지는 것을 느낄 수 있었다. 장인어른은 공직 30여년 동안 다섯이나 되는 자식들 뒷바라지 하면서 막내 3살 때 병든 아내를 하늘나라로 먼저 보내고, 재혼하여 다시 두 명의 자녀를 두었으니 기존 아이들에게 잘하는 것이 무지 어려움이 있었던 환경이었다. 그럼에도 불구하고, 표현하는 것이 서툴렀지만, 가슴안쪽에는 사랑의 샘물이 넘치고 있었을 거라는 생각이 들었다.

오늘 아내 박사 졸업식, 축하해주기 위해서 장인어른이 왔다. 처제 그리고 처제의 아이들, 처형, 처형의 아이들, 그리고 나와 딸, 아들이가 함께 왔다. 학과 대표로 아내가 총장에게 박사 학위를 받고 인사를 하는데, 십 년의 세월이 주마등처럼 한 장면씩 스쳐 지나갔다. 내가 먼저 박사 학위 과정을 시작했는데, 청출어람, 아내가 먼저 박사 학위를 받고 나보다 앞서 나간다. 나는 원래 2등을 매우 싫어하지만, 오늘은 아내의 등 뒤에서 2등 하는 것이 매우 행복하다. 아니, 영원히 아내 등 뒤에서 2등하고 싶다. 결혼이라는 수레바퀴가 앞에는 당신이 뒤에는 내가 있지만, 앞바퀴가 끄는 것이 아닌 뒷바퀴가 밀고 있는 당신의 영원한 후륜구동이고 싶다.

아! 아버지 3일만

아버지가 흙으로 돌아가신 지가 3주가 되었다. 장례식을 치르고 있을 때는 아버지가 안 계신다는 사실을 느끼지 못했는데, 지금 아버지를 향한 그리움이 옹달샘 물처럼 가슴 깊은 곳에서 새록새록 솟아 나오고 있다.

4월 19일 9시경, 평상시와 마찬가지로 회사에 출근해서 일을 하고 있는데 누나가 울먹이면서 아버지가 위독하다는 전화를 했다. 아버지가 있는 포천 요양병원에 도착하려면 족히 2시간이 넘은 시간이었다. 택시를 타고 구리 IC을 넘어가는데, 누나한데 다시 전화가 왔다. "동암아! 아버지 방금 돌아가셨다." 전화 건너편에 흐느끼는 누나 울음소리가 천둥처럼 크게 울렸다. '아! 돌아가셨구나, 이제는 아버지가 더 이상 내 곁에 없구나.' 머릿속에 섬광처럼 번쩍이면서 내 가슴을 짓눌렀다. 오랫동안 병환에 시달렸지만 그때마다 잘 극복하시고, 살아계셔서 늘 감사했는데, 2주전에 병원에서 아버지를 뵈

었을 때는 심각한 상황이 아니었는데 이렇게 허망하게 가시다니, 실감이 나지 않았다. 아버지 몸을 씻기고, 수의 입히고, 손발톱 깎아 드리고, 수의천으로 감싸서 입관을 하기 전까지는 돌아가셨다는 사실이 믿기지 않았다.

아버지가 돌아가신 지금, 아버지와 아들로서 함께한 지난 세월을 생각해 보았다. 헌신적인 아버지, 자식만 생각하는 아버지, 항상 자식 생각에 노심초사하면서 공부할 수 있도록 지원해주는 그런 아버지, 절대로 그런 분은 아니었다.

내가 3살 때 어머니와 이혼하고, 나는 어느 절에 맡겨졌는데, 소아마비를 심하게 앓은 그런 갓난아이를 외면한 비정한 아버지였다. 초등학교 졸업식에 우등생으로 상을 받았는데, 중학교 때 반 대표로 졸업식에 상을 받았는데, 한 번도 졸업식에 와주지 않은 그런 무정한 아버지였다. 내가 공부를 하든, 비뚤어져서 비행청소년이 되든 상관 안하고 오직 자기만 생각하는 이기적인 아버지였다. 17살에 공부할 돈이 없어 고등학교를 중퇴하고 통한의 눈물을 흘리면서 서울로 무작정 상경하는데 아무런 도움이 되지 않은 무능력한 아버지였다.

서울로 올라와서 지갑공장에서 일하게 되었다. 어느 날 중학교 다니는 이복동생이 갑자기 나를 찾아왔다. "아버지가 술만 먹고 항상 때리고, 등록금도 안주고, 아무리 생각해도 학교를 다니기 어려워, 형! 형처럼 서울에서 돈 벌고 싶어." 이 말을 듣는 순간 전신의 피가 거꾸로 솟는 분노를 느꼈다. 동생마저 나처럼, 고생을 해야 한다는 생각, 형으로서 동생을 위해 해줄 수 있는 일이 별로 없다는 자괴감이 물처럼 스며들어 폐부를 깊숙이 아프게 파고들었다.

공장 사장님에게 사정해서 야간에 검정고시 학원을 다니게 되었다. 검정고시 합격하고, 공장 사장님의 배려로, 야간대학에 다니게 되었다. 주경야독! 밤에는 공부, 기거할 집도 없어서 독서실에서 부족한 잠을 자고, 눈비비면서 공부하고 낮에는 지갑공장에서 일을 하는 생활이 지속되었다. 어느 날 대학에서 공부하고 있는데 조교가 나에게 와서 아버지 얘기를 했다.

"동암 학생 아버지라는 분이 오셔서 학자금 대출을 위해 재학증명서 발급 요구해서, 처리 해드렸어."

나는 뜻밖의 말에 배신감에 멍하니 한동안 서 있기만 했다. 왜냐하면 나에게 대학 재학증명서를 요구했는데, 내가 계속 거절하자 본인이 직접 와서 서류해가지고 농협에서 등록금을 빌미로 대출받아서 술 먹는 유흥비로 탕진한다는 사실을 나는 잘 알고 있었기 때문이었다. 이 사건 이후, 아버지가 정말 미웠다. 소아마비로 다리는 절뚝거리고 살지만, 인생은 절뚝거리지 않고 똑바로 걸어서 살아가는 아들, 매순간 목숨 걸면서 최선을 다해 한순간, 한순간 살고 있는 아들의 형편을 전혀 몰라주는 부끄럼조차 없는 아버지. 기독교인으로서 아버지에 순종하고 공경해야 한다는 성경 말씀에 너무 괴로워, 기도원에서 하나님에게 실컷 울면서, 기도하면서 마음을 추스르고, 아버지를 미워하지 말아야지 했던 순간들이 있었다.

내 결혼식에조차, 아버지는 참석하지 못했다. 표면적인 이유는 건강 때문이었지만, 실제로는 사기사건에 연루되어 검찰 수배령이 내려져서 참석하지 못했다. 아들로서 생각해보면 자식의 결혼식에 조차 참석하지 못한 아버지를 바라보는 나의 심정은 참담했다.

결혼 후, 아버지는 생활비를 계속 요구해서, 매달 보내드렸다. 일정한 생활비를 보내주는 것은 문제가 아니었지만, 일정금액을 보내주면 항상 계속 더 보내달라는 것이었다. 아버지 생활비 문제 때문에 아내와 다투는 일이 많아졌다. 추가 생활비를 요구하는 아버지 요청을 계속 거절하자, 아버지로부터 한통의 편지가 왔다. 유서였다. 내용은 "자식이 주는 돈 필요 없으니 잘 먹고 잘살라."는 얘기였다. 두 번째 편지가 왔다. 이번에는 편지와 테이프에 녹음을 해서 유언도 함께 보냈다. 내용은 비슷했다.

나는 아버지가 보낸 내용이 진짜 유서나 유언이 아니라는 것을 알았다. 왜냐하면, 지금까지 아버지와의 관계 속에서 깨달은 경험이 그런 행동은 생활비를 더 받기 위한 수단이라는 것을 알았기 때문이었다. 나는 아내에게 미안하고 부끄러웠다. 아내는 집안 살림이 어려운 데다가, 아버지로 인하여 마음고생이 이만저만이 아니었다.

이런 아버지가 지금은 없다. 금방이라도 전화가 와서,

"약값이 필요하니 돈 보내 주라."고 할 것 같은데, 아버지는 더 이상 나에게 무엇을 요구하지 않는다.

논어에, 이런 말이 있다.

"수욕정풍부지(樹欲靜風不止) 자욕양이 친불대(子欲養而 親不待)

"나무는 가만히 있으려 해도 바람이 가만 두지 않으며 자식은 부모를 공양하려 하나 기다려주지 않는다." 아버지는 더 이상 나를 기다려 주지 않았다.

만약 아버지가 삼일친대(三日親待), 삼일만 기다려주어서, 그 동안 아들로서 하고 싶은 일을 하면 평생 후회하지 않을 것 같다.

첫째 날은, 5시경에 일어나 아버지와 같이 교회에 가서 새벽기도를 드리고 싶다. 아버지 손을 붙잡고 하나님에게 진심어린 회개 기도를 드리고 싶다. 머리로는 아버지 잘 봉양해야 하는 생각만 했을 뿐, 필요한 물질만 공급해주었을 뿐, 가슴으로 아버지를 진정으로 사랑하지 못한 나의 죄스러움을 아버지에게 고백하고 진정으로 용서를 구하는 것이다. 새벽기도 후, 공중목욕탕에 같이 가서 아버지 등을 밀어드리는 것이다. 지금까지 한 번도 아버지와 공중목욕탕에 간적이 없다. 쭈그러진 아버지 등을 문지르며, 간지럼을 태우며, 나이 들어감에 대하여, 인생은 아름다운 것이라고 얘기하고 싶다. 그날 밤 집근처 공원에서 별빛 하늘을 보면서, 윤동주의 서시,

"······. 별이 바람에 스친 운다."

이 시를 낭송하고 하면서, 묻고 싶다.

"아버지! 하늘을 우러러 한 점 부끄러움 없기를 잎새에 이는 바람에도 괴로워했나요?"

둘째 날은, 누나 가족, 2명의 남동생 가족들 그리고 나의 가족, 전

부 우리 집에 모여서 밥을 먹고 싶다. 지금까지 한 번도 온 가족이 모인 자리에서 아버지에게 따뜻한 밥 한끼 대접한 적이 없어서 늘 가슴에 멍울처럼 남아있다.

식사 후, 아버지 발을 씻기는 세족식(洗足式)을 누나부터 막내까지 차례로 하면서, 그 동안 아버지에게 자녀로서 아버지 마음을 아프게 했던 말, 모질게 행동 했던 일들에 대해서 용서를 구하고 싶다. 반대로 아버지가 누나부터 막내까지 차례로 발을 씻기는 화답의 세족식을 하고 싶다. 아버지가 자녀에게 상처 주었던 말들, 아버지로서 책임을 다하지 못한 행동들에 대해서 자녀들에게 용서를 구하는 화해의 시간을 갖고 싶다.

셋째 날은, 그 동안 아버지에게 상처받은 사람들 다 모아서, 서로 용서하는 이벤트를 열고 싶다. 특히, 상처가 큰 두 명의 여인에게 용서하고 화해하는 일을 하고 싶다. 동생을 낳고 폭력에 견디지 못해 가출해 버린 새엄마, 그리고, 나를 낳아 준 엄마가 아닌가 싶다.

부부 사이는 영(0)촌이라 헤어지면 남이라고 하지만, 이 여인들을 사랑해서 결혼했고, 아이까지 낳고 살았으면 평생 가슴에 응어리가 있었을 것 같은 생각이 들었다.

아버지 가슴속에 깊이 숨어있는 상처를 치유할 수 있을까?

아버지는 무엇이라고 얘기할까?

괜한 일이라고 나무랄까?

'아! 아버지 삼일만, 더 살아계시면 사랑과 화해의 용서 시간을 갖

고 싶어요.'

동생이 마지막 입관할 때 아버지 얼굴을 쓰다듬어 안으면서 울부짖었다.

"아버지 저희들을 낳아주셔서 감사합니다. 아버지처럼 살지 않도록 깨닫게 해주셔서 감사해요!"

동생이 울먹이는 목소리에 내 가슴은 저렸다.

누군가가 나의 아버지의 소중한 유산이 무엇이냐고 묻는다면, 나는 주저 없이 얘기할 수 있다.

"광야에서 혼자 살아남을 수 있도록 강한 의지를 갖게 해주었어요. 어떠한 어려움에도 굴하지 말고 혼자서 살아갈 수 있는 강인한 생각과 어려움에도 늘 감사할 수 있도록 해주었지요. 그 원동력은 17살 때부터 혼자 알아서 살라고 한 것이지요."

아버지는 이제 정말 내 곁에 없다. 내 마음을 더 이상 아프게 하지 않는다. 그런데, 왜 이렇게 자꾸 눈물이 나면서 아버지가 정말 보고 싶은 것일까?

30년

"축하합니다. 천 박사!"

논문 최종 심사를 마치고 심사위원장인 신 교수님이 축하 인사를 건네면서 손을 내밀었다. 가슴이 뭉클해지고 지나온 세월에 눈물이 났다. 2012년 6월 20일 지금 이 시간을 평생 못 잊을 것 같다. 밤 10시 30분에 부산에서 서울행 KTX에 몸을 실었다. 서울로 올라오는 기차 안에서 주경야독했던 지난 30년 세월의 기억들이 주마등처럼 스쳐지나갔다.

압해도 고향 섬에 고등학교가 없어서 목포에 소재한 'M' 고등학교에 고향 섬에서 나와 공부를 하게 되었다. 친척 중에 그나마 경제 형편이 나은 고모는 고모 아들인 사촌과 방을 같이 쓰게 하고, 등록금도 고모가 지원해주어서 고등학교에 진학할 수 있었다. 그러나 기쁨도 잠시, 사촌동생이 학교에서 불량서클에 가입하고, 학교에 많은 문제를 일으켜서 정학을 당하게 되었다. 고모는 사촌동생이 퇴학으로 학교에 못 다니게 되면 더 이상 나만을 지원할 수 없다고 했다. 결국, 사촌동생은 학교에서 퇴학처분을 받았다. 고립무원 상태가 된 것이었다. 며칠 동안 밤을 새우며 고민하다가 학교를 중퇴하기로 했다.

차비가 없어서 학교까지 1시간 가량 되는 거리를 매일 걸어 다니면서도 공부할 수 있어서 감사했고, 참고서도 없어 친구 참고서를 빌려서 공부하는 날에는 밤을 새워서 공부를 했었다. 김치가 없어서 밥과 간장으로만 3개월을 견디면서 이빨 깨물고 학교 다니려고 했는데, 아아! 학교 중퇴를 한다고 마음먹으니 억장이 무너졌다.

압해도 고향 섬으로 돌아오는 길에 한없이 울었다. 혹독한 추위에 눈보라 휘몰아치는 날, 눈물이 흐르는 뺨에는 눈이 녹고, 다시 눈을 맞고, 다시 울고, 눈물과 눈자국이 구분이 가지 않아 남 눈치 안 보고 소리 없이 목울음을 울어댔다. 배를 타고 고향 섬으로 오는 길에 바닷바람에 실려 온 눈을 하염없이 맞으면서 생각에 잠겼다. 눈은 하얗고 아름다운데, 인생은 왜 이리 고달프고 힘겨운지, 절망감에 나쁜 생각도 들었다. '지금 바다에 뛰어 내려 짧은 인생을 마감할까?'

그 이후, 서울에 처음으로 상경한 시기는 1982년 2월 16일, 밤 9시 50분이다. 목포에서 출발한 서울행 통일호 열차를 타고 서울에 처음으로 오게 되었다. 지금으로부터 30년 전, 많은 세월이 흘렀지만 아직도 이렇게 생생하게 기억하는 것은 아무 연고도 없는 서울에 무작정 돈을 벌기 위해서 상경한 날이기 때문이다. 지금 생각해 보면 17살 나이에 어떻게 그런 용기가 생겨서 무서운 서울에 올라올 생각을 했는지 나 자신도 믿어지지 않는다.

1980년대 초반에는 서울에 봉제공장이 많았다. 그 당시 정부가 경공업 위주의 수출 드라이브 정책을 지속적으로 추진하던 시기였다. 특히, 노동 집약적인 봉제산업은 사람의 일손이 많이 필요하여 봉제공장에 쉽게 취직을 할 수 있다는 생각에 그날 밤 도착한 후 구로동으로 택시를 타고 갔다. 구로동에 도착하여 전봇대에 붙어있는 '시다 구함, 숙식 제공'이라는 지갑공장에 전화를 걸어서 "일자리가 있습니까?"라고 물었더니 '시다(초보 견습공) 자리'가 있다고 해서 당일 밤에 공장으로 가게 되었다.

이렇게 해서 시작된 나의 초년 사회생활은 10대인 나에게는 너무나 가혹한 시기였다. 조장 및 선배로부터 험한 욕설과 잦은 구타, 기숙사 연탄 갈기, 기숙사 청소하는 일, 궂은 일은 모두다 나에게 주어졌다. 더구나, 나는 오른다리가 소아마비였기 때문에 이러한 일들은 빨리 처리하지 못해서 종종 '절름발이, 병신'이라는 소리를 듣고 나면, 주눅이 들어 한마디도 대꾸하지 못했다.

첫 월급은 3만원을 받았다. 5천원은 책가방을 샀고, 1만 5천원은 고등학교 중고 참고서와 책들을 샀다. 정작 고등학교 다닐 때는 돈이 없어서 참고서를 못 샀는데. 그날 밤, 책가방에 참고서와 책을 넣고 냄새를 맡으면서 베개 삼아 잠을 잤다. 책냄새를 맡으니 정말 미

치도록 공부가 하고 싶었다. 시간이 나는 대로, 공책에다 참고서 내용을 무작정 옮겨 적었다. '공장 시다 생활'을 마감하고 숙련공이 될 무렵 검정고시 제도가 있다는 것을 알게 되었다.

공장장에게 일을 조금 일찍 끝내고 오후 6시에 검정고시 학원을 다니게 해 달라고 간청했다. 한마디로, 절대 안 된다고 거절했다. 수출물량 납기 때문에 밤 12시까지 일하는 것이 다반사인데, 나만 배려를 해 줄 수 없다는 것이었다. 월급날 공장에 편지 하나 남기고 일하던 공장을 미련 없이 떠났다. 대책 없는 모험이었다. 3일 동안 학원을 다닐 수 있는 직장을 알아봤는데 쉽지 않았다. 다시 전에 다니던 공장에 전화를 했더니, 박지수 사장님이 전화를 받았다.

내가 공장을 떠나게 된 이유를 잘 알고 있었고, 박 사장님의 배려로 검정고시 학원에 수강할 수 있게 되었다. 9개월 동안 주경야독하여 고등학교 졸업 검정고시를 합격하였다.

그 후 공장에 계속 근무하면서 대학입시를 준비하게 되었다. 대학 입시를 4개월 앞두고 공장을 그만 두게 되었다. 그동안 모은 돈은 60만원이었는데, 4개월 동안, 독서실(주거) 비용, 식비로 사용할 수 있는 금액이었다. 대학입시 남은 기간은 4개월, 60만원, 시간이 절대 부족했다. 공부를 시작한 첫날 농약병을 2개 사서, 독서실 책상 앞에 갖다 놓고, 유서도 같이 써 놓았다.

목표는 서울에 소재한 대학에 합격하지 못하면 농약을 먹고 죽을 작정으로 공부를 했다. 하루에 16시간 공부를 했는데, 세수와 양치

질은 새벽 3시에 한번 하고, 밥 먹는 일, 그리고 저녁 먹고 잠시 산책하는 일을 제외하고는 모든 시간을 공부하는데 쏟았다.

매월 학력고사 모의 점수가 평균 20점씩 올랐다. 정말 기적 같은 일이었다. 그 당시 학력고사 만점이 300점이었는데 1차 모의 고사에서 180점, 2차 200점, 3차 220점, 최종 학력고사 점수는 243점으로 서울 한남동에 소재한 'D'대학교 야간 영어영문학과에 합격하게 된 것이었다.

그런데, 문제는 대학등록금이었다. 합격하고 등록금 내는 리드타임이 1주일도 되지 않았다. 전에 다니던 공장을 찾아가서 박 사장님에게 한번만 도와 달라고 사정 얘기를 했다. 처음에는 내가 대학에 합격한 것에 반신반의해서, 합격증을 보여 주었더니, 그때서야 내가 대학 합격한 것을 믿으면서 정말 축하한다고 했다. 그 다음 날 다시 공장 사무실에 갔더니, 등록금 전액, 78만 5천원을 주시면서 격려해 주었다. 정말 기적을 다시 체험하였다. "至性이면 感天"이라는 옛 속담이 내 삶의 뼈 속까지 스며드는 계기가 되었다.

대학 생활 4년 동안에 여전히 경제적으로 궁핍하여 어려움이 많았다. 대학 1학년까지는 공장에서 일하면서 다니다가, 2학년부터 대학 등록금은 누나가 도와주기로 해서, 공부만 하기로 마음먹었다. 법학을 부전공하면서 사법고시 공부를 1년 정도 하다가 생활비가 없어서 중도에 포기했다. 대학 4년 동안 14번 이사를 했다. 친구 집, 선배 집, 후배 집에 수개월 기거하면서 살았다. 심지어 학교 학회실에서 추운 겨울에 책상으로 침대를 만들어서 3개월 정도 생활한 적도 있다. 때로는 돈이 없어서 밥을 굶기도 했다. 돈이 생기면 학교 식당에서 밥을 많아 퍼가니 식당 아줌마 사이에 나는 "밥 많이 먹는 학생"으로 인식되었다.

1995년 12월, 무역과 수출입 물류를 주업으로 하는 회사를 아는 지인과 같이 설립을 했다. 대부분 거래처는 다국적 유통기업이어서 물류지식이 절대적으로 부족해서 흑석동에 소재한 국제물류를 가르치는 'C' 대학교 야간 국제경영대학원에 1996년 3월에 입학을 했다. 그때 만난 교수님이 조진행 박사로 영국에서 물류를 전공하고 가르치고 있었다. 정말 궁금한 것이 많았는데 조 박사님을 통해서 물류를 조금씩 이해하게 되었고, 원서 책을 읽다가 그동안 몰랐던 내용을 알게 되고 그러면 너무 좋아서 벌떡 일어날 정도로 공부에 몰입할 수 있었다. 조 박사님은 물류에 대한 학문적인 가치와 중요성을 깨닫게 해준 참 스승이었다.

그 이후로, 2002년 3월에 박사과정 공부를 하라는 조 박사님의 권유에 따라서 부산에 소재한 'H'대학교 경영학 중 물류 분야 박사과정 공부를 하게 되었다. 직장 생활을 병행하면서 박사 과정 공부는 나에게 매우 힘든 여정이었다. 내가 재직했던 회사는 전라도 광주에 있었고, 수업은 부산, 매주 부산과 광주를 오가면 공부를 했다. 수업하는 것도 문제였지만, 수업 참석하기 위해 이동거리가 멀어서 고생을 많이 했다.

박사과정 중간에 제주도 물류센터 건립 책임자가 되어서, 제주도에서 부산으로 이동하여 수업에 참석한 적도 있었고, 제2외국어 일어 시험에 불합격하여 주말에 일어 학원 다니면서 공부하며 시험에 합격하기도 하였다. 박사과정을 수료하고 10년차가 되는 2012년 새해에 박사논문을 완성하겠다는 강한 다짐을 했다. 박사논문을 집중적으로 작업할 때 병가 중에 있어 몸이 좋지 않았음에도 불구하고, 이를 악물고 짧은 시간에 집중적으로 논문쓰기에 매진하였다.

 낮에 일하고 밤에 공부한 세월, 섬 소년 18세부터 현재 내 나이 48세, 30년 세월이 구름처럼 흘렀다. 짧지 않은 세월인 것만은 확실하다. 섬 소년이 고등학교를 중퇴하고 박사학위를 받은 것 자체가 기적인 것 같다. 너무나 과분하고 영광스럽다. 이 자리까지 나를 이끌어주신 여러분들이 계신다.

 '물류'를 학문으로서 바라보는 시각을 갖게 해주신 한라대학교 조진행 교수님, 석사 논문을 지도해 주신 이충배 교수님, 박사 논문을 지도해 주신 김재봉 교수님, 신한원 교수님, 김종석 교수님, 오용식 교수님, 그리고 중앙대학교 석사과정에서 물류에 대한 열정을 같이 불태웠던 故 김성원 박사, 이명복 박사, 정용균 박사에게도 감사함을 전한다.

 대학 등록금이 없어서 찾아 갔는데 흔쾌히 등록금을 주신 수정피혁 박지수 사장님, 대학 기간 내에 경제적으로 지원해준 누님에게도 감사함을 전한다. 마지막으로 논문이 완성되도록 끝까지 도와준 아

내 김지선 박사, 시간이 없어서 아이들과 많은 시간을 보내지 못해
도 불평 한번 하지 않은 딸 신원, 아들 창원에게 고마움을 전한다.

사랑과 고뇌의 삶에 대한 자전적 진술
−천동암의 문학세계−

김관식(시인, 문학평론가)

1. 프롤로그

존재한다는 것은 소멸하게 되고, 소멸은 또 다른 존재의 시작을 알리는 신호탄이다. 사람마다 존재하는 방식은 다 다르다. 인생을 해석하는 방법도 다르다. 어떻게 인생을 해석하느냐에 따라 살아가는 방식이 달라지고 그 결과도 다르게 나타난다. 부정적인 삶의 방식인가 긍정적인 삶의 방식인가에 따라 사랑과 고뇌하는 양상은 천차만별일 것이다. 천동암 시인은 인생을 해석하는 방식이 명확하다. 미사여구가 없이 솔직담백하다. 그만큼 꾸밈없는 진솔한 삶을 살아왔기 때문이다. 시와 창작 메모, 산문을 곁들인 문집으로 사랑과 고뇌의 삶에 대한 자전적 진술로 자기 존재를 남에게 드러내려는 용기에 대해 사족을 붙이며, 그 고독한 영혼에 위로의 뜻을 담고자 한다.

2. 사랑과 고뇌의 삶에 대한 자전적 진술

1) 현상적 사물의 리얼리즘적 진술을 통한 사랑과 고뇌 드러내기

천동암 시인은 현상적인 사물의 리얼리즘적인 진술로 자신의 인생문제를 객관적으로 드러내 보인다. 자신의 심적인 고통을 토로하는 것이 아니라 현상적인 상황을 그대로 보여줌으로써 자신의 감정을 객관적으로 드러낸다. 사랑의 감정과 고뇌에 찬 심정을 자신에게 부닥친 상황을 드러내 보임으로써 객관화시킨다. 엘리엇의 객관적 상관물과 유사한 구조이지만 객관적 상관물은 시인 자신의 생각을 표현하기 위해 사물을 끌어와 감정이입하거나 감정을 객관화시키려는데 반해 천동암 시인은 자신이 제3자적인 입장으로 자신이 처한 현실적인 상황을 보여줌으로써 사랑과 고뇌를 독자의 해석으로 맡기는 리얼리즘적인 진술의 방식으로 시를 쓰고 있다. 따라서 자신의 생각을 비유하여 유사한 이미지를 드러내는 현대시의 방식이 아니라 산문적인 상황의 진술을 통해 자신의 생각을 드러내는 산문적 진술의 시다. 행과 연을 나누어 시의 형식을 취했으나 詩라기보다는 있는 사실을 그대로 보여주는 산문의 구조를 보인다. 영문의 슬로건을 시제로 하여 시의 내용은 한글로 전혀 다른 나라의 상황을 보여준다. 바로 언밸런스 구조 자체를 명확하게 "You are the future of our company" 영문의 시제로 드러낸다.

어느 회사 복도 벽면에
수많은 직원들 사진이 걸려 있다
잔뜩 멋을 낸 옷자락에
웃음 띤 얼굴
저마다 회사를 위해 목숨이라도
내 놓을 함성이 울리는 듯하다

'회사가 어렵다'
인력 구조 조정이 시작되고
인사 상무는 떠나야 할 인원들
이름을 적어낸다
○○○ 고참 부장
○○○ 차장
○○○ 과장

어느 회사 복도에 벽면에
직원들 사진이 바래져 걸려 있다
부조화처럼 걸려있는 화석 위에
을씨년스럽게 외치는 슬로건

'You are the future of our company'

– 「You are the Future of our company」 전문 –

모순의 상황을 영문의 시제와 시의 한글 구조로 드러내는 수법이다. 이러한 시법은 황지우 시인이 〈겨울-나무로부터 봄-나무에로, 민음사, 1985〉을 발간하면서 시작 메모에 "지난겨울, 문학을 하겠다는 후배들과 간담하는 자리에서 나는, 詩를 언어에서 출발하지 말고 '詩的인 것'의 발견으로부터 출발해 보는 것이 어떻겠느냐고 말한 적이 있다. 그 '시적인 것'은 뭐라고 딱 말할 수는 없고, 딱 말할 수 없다는 점에서 그것은 어쩌면 '禪的인 것'과는 닿아 있는지도 모르겠다고, 지난겨울 문학을 하겠다는 후배 몇몇 사람들과 나는 말한 적이 있다."라는 진술에서 보여주는 것과 같이 천동암 시인도 모순적인 상황 'You are the Future of our company'의 의미와 전혀 상반된 "'회사가 어렵다'/ 인력 구조조정이 시작되고/ 인사 상무는 떠나야 할 인원들"의 명단을 보여줌으로써 '詩的인 것' '禪的인 것'의 부조화 현상을 리얼리즘적인 시각으로 그려내고 있다. 「55512」의 시간을 나타내는 숫자를 시제로 인간성이 사라져 버린 숫자의 시대 "어느 여인이 갓난아이를 안고/ 발을 구르면서/ 도봉산 1호선 전철난간에서/ 추위에 떨고 있다"는 상황으로 비인간적인 사회의 고발, 「행복」에서 뙤약볕에서 밭을 매며 시인 자신의 뒷바라지를 했던 할머니에 대한 가슴 뭉클한 상황과 할머니에 대한 사랑을 전라도 토속적인 사투리를 곁들여 리얼하게 그려내고 있다. "오늘 나도 뙤약볕에 산에 갔다 집에 와서 막걸리 들이키려다 막걸리 잔 속을 무심히 바라본다. 할매가 출렁거린다 오매! 할맹가? 나도 그맴 이제 알것소잉."

128

라고 시인은 재현적인 상상력으로 할머니에 대한 그리움과 할머니의 삶에 대한 긍정은 독자들의 가슴을 저미어 오게 한다. 「아프르디테의 밤」의 희망을 잃지 않고 사랑으로 가난한 삶을 살아온 아내와의 진솔한 사랑, 「강릉 항에서」의 파도치는 모습으로 보고 카롱의 상상력과 인생의 독특한 해석, 「흔적2」의 외할머니의 인생역정을 그리움으로 담아낸 재현적 상상력, 한시 「思慕」의 꿈같은 남녀 간의 사랑, 「보이는 것과 보여지는 것」에서 등산한 설원의 자연풍광에 대한 물활론적인 상상력 등으로 그는 시를 통해 자신이 살아온 삶에 대해 사랑과 고뇌의 삶에 대한 자서전적인 인생역정을 리얼리즘적인 시각으로 객관적으로 드러내 보이고 있다. 그가 늘 즐기는 산행은 자신의 존재에 대한 확인이며, 열정적인 삶과 불굴의지에 대한 희열과 행복감을 찾기 위한 몸부림일 것이다. 그의 이름대로 불교적인 두타의 심정으로 고행하는 즐거움의 행위일 것이다.

「선자령에서」는 산행 중 눈 내리는 풍광을 서정적인 이미지로 에로스적 상상력을 보인 시인의 감수성을 드러낸 수작이다.

　선자령 고개

　하얀 치마폭 펄럭이자

　눈송이 흩날린다

　계곡과 계곡 사이

　소복이 쌓인 눈에

하얀 젖무덤 속살이 들어나고

설산에 묻혀 있는 여인의 숨소리

사~아삭 희미하게 들려온다

산 까마귀 퍼덕이는 소리

인기척에 놀란 여인

치마폭 감싸 안아 젖가슴을 덮는다

산행하는 남정네

행여나 들킬까 봐

주목나무에 몸 숨겨

눈 오는 소리를 듣는다

사~아삭 ……

여인 옷고름 푸는 소리

차가운 공기에도

땅속 뜨거운 바람

스멀스멀 올라오고

……

보현사 부처님

멀리서 헛기침을 하고 있다.

– 「선자령에서」 전문 –

백두대간 대관령의 고갯길 「선자령에서」는 물아일체 물심일여의 세계를 보여주는 에로티즘의 시다. 에로티즘이란 사람의 본능적 에너지나 충동 중에서 성적인 본능 또는 욕망. 성적 충동의 표현을 말하는데, 고대 그리스인들은 신화를 통하여 에로스를 사랑의 신, 즉 이성간의 사랑을 의미하는 신으로 혼돈 속에 질서를 낳는 모든 '생명의 원동력'으로 정의하였다. 인간의 본성에 가장 관심을 보였던 철학자 니체는 원초적 본능에 의한 인간의 욕구를 철학의 기본적인 바탕으로 삼고, 그는 "인간의 마음에는 다섯 마리의 늑대가 산다고 하였다. 그 다섯 마리의 늑대는 이성이라는 철장 안에서 갇혀서 언제나 뛰어 나올듯한 기세로 거세게 철장을 뒤 흔들며 살고 있다고 한다."고 보았다. 즉 인간에게는 두 가지 모습이 있는데 냉철한 이성과 엄격한 형식을 중시하는 아폴론적 인간, 그리고 창조적 직관적 판단을 강조하는 디오니소스적 인간이다. 니체는 디오니소스적 인간형을 강조한다. 디오니소스적 긍정이란 직면하는 모든 순간을 긍정의 대상으로 바라보는 인생의 자세이다. 디오니소스는 어린 시절 티탄에 의해 몸이 갈기갈기 찢겨 죽임을 당하며, 아폴론에 의해 다시 회복되어 부활한 신이다. 따라서 그에게 죽음은 삶의 필연적 계기다. 자신을 파괴하는 고통은 새로운 자신의 창조를 위한 필연적 계기다. 그래서 죽음과 파괴는 디오니소스에게 결코 부정의 대상일 수 없다. 니체의 디오니소스는 자신의 최고 유형의 희생을 통해 제 고유의 무한성에 환희를 느끼는 삶에의 의지를 말하며, 비극시인의 심리에 이르는 다리로 파악했다.

천동암 시인 시는 니체의 말처럼 디오니소스적 긍정의 삶의 자세로 살아온 그의 인생역정이 그대로 표출하여 나타남은 당연한 귀결일 것이다. 원초적인 본능이 노출되는 에로티즘의 추구는 자연과 우주를 모태적인 이미지로 미화시킴으로써 그 속에서 정신적인 위안을 받는 어린 시절의 상처에 대한 보상심리로 해석된다.

"하얀 젖무덤 속살이 들어나고/ 설산에 묻혀있는 여인의 숨소리"라는 눈 내리는 상황을 물활론적인 사유로 의인화하여 관능적이고 감각적으로 형상화한 자연과 우주의 물아일체의 세계는 바로 디오니소스적 긍정의 세계에서 비롯된다. "하얀 치마폭–눈송이–하얀 젖무덤"으로 은유되는 눈 내리는 풍광은 자연과 우주와 화자가 일체가 된 세계이다. "사~아삭 희미하게 들려온다"는 화자의 청각적 영상은 성행위가 끝나갈 때 잦아드는 "거침없이 자꾸 밀거나 쓸거나 비비거나 하는 소리. 또는 그 모양"의 의성어가 "사아삭"이다. 관능적인 자연풍광의 묘사로 에로티즘의 세계를 가장 순수한 인간 심성으로 보고, "산 까마귀 퍼덕이는 소리"를 타자의 눈으로 의식하고 자신 모습을 뒤돌아보게 된다. 이 때 들려오는 "산 까마귀 퍼덕이는 소리"는 인간의 몰입된 경지에서 깨어나 의식의 전환을 가져오는 매개 동물이다. "산 까마귀"는 하얀 눈의 색깔과는 정반대의 검은 색깔이다. 색감부터 대조적이지만 하얀 설원이 인간의 본질적인 순수하고 아름다운 이상적인 세계를 상징물이라면, 이와는 대조적인 정반대의 "산 까마귀"의 검은 색의 이미지는 불길한 이미지이요, 순수지향을 차단하는 매개동물이다.

이러한 매개동물의 등장으로 "인기척에 놀란 여인/ 치마폭 감싸 안아 젖가슴을 덮는다."라는 여인의 본능적인 행위로 도덕적인 주체를 자각하게 된다. 무의식적인 반사적 본능행위로 "차마폭 감싸 안아 젖가슴을 덮는" 여인의 행위는 도덕의식과 원죄의식의 발로라고 볼 수 있다. 그러나 그러한 모습을 훔쳐본 "산행하는 남정네"로 형상화한 화자는 자신의 관음증이 "행여나 들킬까 봐/ 주목나무에 몸 숨겨/ 눈 오는 소리를 듣는다."라고 귀를 기울이게 된다. 그러나 화자는 우주와 뜨거운 사랑을 나누기 위해 "여인 옷고름 푸는 소리"를 듣게 되고, 대지를 포용한 대지는 "차가운 공기에도/ 땅속 뜨거운 바람/ 스멀스멀 올라오고"는 눈과 대지의 조화로운 화합을 에로티즘으로 형상화하고 있으며, 속세의 인연을 끊고 해탈의 세계를 지향하는 "보현사 부처님"은 "멀리서 헛기침을 하고 있다."는 자연과 우주의 교감에 대한 반응을 청각적인 이미지로 형상화하여 "현상적 사물의 리얼리즘적 진술을 통한 사랑과 고뇌"를 동양적인 정적 세계를 서양적인 에로스적 역동적인 세계와 융합하여 명증하게 드러내고 있다. 따라서 정적이면서도 동적이며, 순수한 자연의 세계를 인간의 욕망 행동양식으로 표출하고 있다.

2) 자기존재의 철학적인 사유와 확인

천동암 시인의 "사랑과 고뇌의 삶에 대한 자전적 진술"은 결국 자기존재의 철학적인 사유에서 비롯되며, 이러한 사유를 통해 자기 존재의 확인을 위한 것이다. "인생의 방향은 Y값을 구하는 방정식"으로 풀이한 "Y=AX ±B"는 "상수(常數)값 A/ 마누라와 새끼"로 바꿀 때는 커다란 위험이 따르고 불변값으로 "노력해서 바꿀 수 있는 더미(Dummy)값 B/ 공부와 돈벌이/ 더하기 혹은 빼기만 하는데"로 규정하고, "X값은 항상 곱하기/ 빛의 속도로 인생의 Y값을 변화시키는/ 무서운 힘"이며, 사람들은 "신기루 X값"을 찾아나서나 "X값에 다가서 꽉 잡으려고 하면/ 저만큼 다시 달아나 버리고" 결국 "두 자루의 뼈와 살"만 남게 된다는 방정식으로 풀이하고 있다. 결국 "신기루 X값"은 행복이며, 개인의 가치관이다. 우리는 행복을 추구하기 위해 물질적인 가치 척도인 돈과 지위와 지식을 쫓아가게 된다. 그러나 미래학자 엘빈 토플러는 권력이란 돈과 폭력과 지식에서 나온다고 역설한 바 있다. 돈의 변질된 형태가 경제력이며, 폭력의 변질된 형태가 직장의 직위, 공권력, 군사력, 지식은 학문, 첨단 지식을 의미한다. 따라서 그는 이들의 이동관계를 통해 부의 미래로 파악하고 있다. 그리고 『국부론』을 쓴 아담 스미스는 경제학자 이전에 윤리철학자로서 『도덕 감정론』을 저술했는데, 그의 이론에 따르면 "자연은 인간을 기만한다. 인간은 막상 죽을 때가 되면 자신이 고생을 겪으면서 추구하였던 경제적 부나 사회적 지위가 허망한 것이라는 사실을 깨닫지만, 살아 있는 동안에는 자연이 자신의 심리에 강제하는 원리에 따라 허망한 가치를 좇는다. 하지만 인간이 자연의 기만에 따라 부나 명예를 좇는 것이 인류 전체의 역사에서 볼 때 결코 나쁜 것만은 아니다. 이러한 기만 때문에 인간은 근면하게 일하며 자신이 살아가는 환경을 개척한다. 그러나 도덕철학의 관점에서 보면, 이것은 어디까지나 기만이다."라고 주장한다. 그에 의하면 사람들이 물질적인 부를 추구하는 것은 자신의 행복을 위해 추구하는 것이 아니라 남이 자신을 부러워할 것이기 때문에 물질적 부를 추구한다는 것이다.

결국 천동암 시인이 추구하는 방정식은 아담 스미스의 허망한 가치를 쫓아가는 자연의 기만에 의해 해답을 추출할 수 있으며, 이러한 사랑의 맥은 그의 시 「바니타스(VANITAS)」에서도 드러난다. 고 ㈜ 김성원 박사 추도식에 참석하고, 짧은 생의 덧없음과 변화를 주제로 하는 "바니타스(Vanitas)" 유파의 그림이 주는 메시지인 인생허무를 느끼게 된다. 성경의 전도서 1장 1절부터 18절에 나타난 "바니타스 바니타툼 옴니아 바니타스(Vanitas vanitatum omnia vanitas): 헛되고 헛되도다 모든 것이 헛되도다."의 글귀의 첫 단어를 따온 그의 시 「바니타스」 "향로에 향을 피운다/ 불꽃이 점화하는 동안/ 그의 얼굴이 비추고/ 이내 연기 속으로 사라져 간다/ 향냄새 내 얼굴을 감싸고/ 그가/ 다시/ 내 얼굴을 쓰다듬는다."로 삶과 죽음의 연장선상에서 인생의 의미와 철학적 사유를 통해 살아있는 자의 자신의 존재를 확인하게 된다. 그는 자신의 존재를 확인하는 작업으로 시인으로서 시 작업을 계속해오고 있으며, 주경야독하여 경영학박사 학위를 받고, 또 다시 한국방송통신대학교 대학원 문예창작콘텐츠학과 석사 과정을 마치고 이어서 학부의 중국어과에 입학 학업을 계속하고 있다. 그의 불타는 학구열만큼 그는 삶을 치열하게 살아오고 있다.

"자신의 운명을 받아들이고, 그러한 그 운명마저 사랑하는 사람이 되어라." "온몸으로 맞고 온몸으로 껴안아라"라는 니체의 아모르 파티의 자세로 천동암 시인의 삶을 '긍정을 넘어선 초긍정'의 자세로 삶을 제대로 살아가고 있다. 니체의 말대로 상황에 따라서 의지가 약해질 수 있다는 인간다움을 인정하고, 그러한 어려운 상황과 어려움을 딛고 일어설 수 있는 있는 인간다움을 인정하고 있다. 니체는 '인간적인'에서 '좀 더 인간적인' 단계로 나아가려면 3단계를 거치는데, 스스로조차도 감당하기 어려운 상황에서 그것을 온몸으로 받아들이며 걸어가야 하는 낙타의 단계, 거기에서 벗어나서 스스로를 지킬 수 있고, 공격과 방어를 자유자재로 할 수 있는 자율성을 지닌 사자의 단계, 공격과 방어도 하지 못하고 온몸으로 문제를 껴안아 무게를 감당하지도 못하나 호기심으로 가득 차 세상을 향해 달려 갈 수 있는 온전한 자유를 가진 어린이 단계로 나누었다. 그는 낙타와 사자의 단계를 거쳐 어린이의 단계에 이르렀을 때를 가장 완전한 단계라고 보았다.

천동암 시인은 바로 낙타와 사자의 단계를 거쳐 온전한 자유를

136

획득한 어린이의 단계에서 호기심어린 눈빛으로 천진 발랄한 성품으로 세상을 긍정적으로 보고 아모르파티의 자세로 살아가는 시인이다.

「비무덤」의 죽은 여자에 대한 환상적 이미지 표출, 「퇴적암」에서 자신의 살아온 인생과 심정의 감정이입, 「카롱의 전철」에서 죽음을 향해 달려가는 인간군상의 생존과 인상의 의미에 대한 철학적 사유, 「회개의 최후」에서 성경을 보고 카프카의 변신처럼 "벌레로 둔갑"한 인간의 종교적 세계의 환상, 「나무 구멍의 힘」에서 깊은 철학적 인식과 대지의 상상력, 「어느 봄날 오후에」의 상처받은 어린 시절 어머니를 찾아 나선 아픈 추억의 회상, 「푸줏간에서」의 "내 입술을 훔치고 있다"라고 말로 죽인 생명의 죽음에 대한 은유, 「사각지대」의 친구 부부의 삶을 조망하여 인생에 대한 '자연에 기만'과 '바니타스'의 깨달음과 자기 존재의 확인, 「박스 한 상자」에서 중년가정의 직장퇴출의 쓰라린 심정과 고독한 모습의 형상화, 「산행」에서의 자신의 존재의 부재 확인과 "물은 물대로/ 나무는 나무대로/ 산새는 산새대로/ 산에 모두다 셋방살이"하는데 화자는 그러한 존재들을 "무거운 등산화로/ 짓밟아 무효화 시키고 있다."는 폭력의 존재로 인식하고 있다. 「살아 있네」의 성욕의 살아있음을 통해 자신의 존재성의 확인, 「천리포 바닷가에서」의 동해와 서해를 인간과 결부한 해석, 「아빠 아버지」의 어감을 통해 본 인생살이의 모습에 대한 리얼리즘적인 진술, 「밥벌이의 지겨움」을 통해 소시민의 삶에 대한 진술과 자기 존재 확인의 불투명성에 대한 회의, 「순대는 다시 죽는다」의 국밥집 풍경을 통해 두 연인 사이의 소통 부재의 상황에 대한 존재의 부재인식, 「부부, 그 불규칙 동사에 대하여」를 통해 부부간의 사랑을 "부부란 사랑을 계속 덧칠하면서 서로에게 의지하는 난로가 되어가는 것"으로 해석하여 풀이한 인생살이 진술서 등 그의 시는 소시민의 인생살이에 대한 자기존재 확인의 철학적인 사유와 진술서인 셈이다.

3) 자전적 삶의 진술—산문

그가 쓴 산문 「천가(千家) 박가(朴家)」는 자신의 아픈 과거를 거짓 없이 그대로 보여준 자전적 삶의 진술이다. 자신의 과거를 남에게 숨김없이 드러낸다는 것은 어려운 일이다. 용기가 필요하고 자신이 떳떳해야 가능하다. 대체로 사람들은 자신의 좋지 않은 과거는 숨기기 마련이다. 그런데 천동암 시인은 남과 달리 두 가지 성씨를 쓰는 이복동생들을 갖은 삶을 살아온 자신의 아픈 과거와 치부를 당당하게 내보인다. 그만큼 솔직하고 천진난만한 니체의 어린이와 같은 순수한 동심을 가지고 인생을 살아왔기 때문이다. '같은 부모이든 아니면 한쪽 부모의 피를 받았던 상관없이 혈육(血肉)이라는 것은 태생부터 부조화(不調和)이고 '피'는 서로 끄는 힘이 있기에 조화(調和)를 이루기 위해 끊임없이 노력하는 것이 아닐까?'라는 진보적인 생각이 그를 니체처럼 아모르파티의 삶을 살게 하는 것으로 본다. 그는 누구보다 진실하다. 그는 인생을 동심으로 살아온 천성적인 시인으로 태어난 사람이다. 「아내의 졸업식」를 통해 극진히 사랑하는 아내 사랑과 외조, 「아! 아버지 3일만」에서 아버지의 죽음을 통해 어린 시절 비정한 아버지에 대해 원망을 사랑으로 받아들이는 "아버지는 이제 정말 내 곁에 없다. 내 마음을 더 이상 아프게 하지 않는다. 그런데, 왜 이렇게 자꾸 눈물이 나면서 아버지가 정말 보고 싶은 것일까?" '긍정을 넘어선 초긍정'의 삶의 자세에서 가슴이 뭉클할 뿐이다.

「30년」의 통해 험난한 인생살이를 긍정적인 자세로 최선을 다해 자수성가하여 단란한 가정을 꾸리고 주경야독의 자세로 학문에 천착하여 박사학위를 받는 기쁨과 자신의 인생살이 보고서다. 천동암 시인의 자전적인 삶의 진술은 많은 사람들에게 귀감이 되리라 본다. 남들과 다른 불운한 가정환경을 딛고 승리한 삶으로 대한민국 상류 가정을 꾸리고 사회의 모범적인 지도자로서의 손색없는 진실한 삶을 살아왔기 때문에 그의 삶의 보고서는 더욱 값진 것이 될 수밖에 없다.

3. 에필로그

그의 문학세계를 "사랑과 고뇌의 삶에 대한 자전적 진술"이라 압축해서 진술했다. 대학원에서 동문수학한 인연으로 천동암 시인의 작품세계를 살펴보았다. 대부분의 문학인들은 자신의 아픈 과거는 숨기는 것이 일반적인데 천동암 시인은 자신의 아픈 과거까지 당당하게 밝히면서 자신의 존재를 확인하는 용기가 대단한 시인이다. 내가 본 천동암 시인은 이름 그대로 천진난만한 동심을 암석처럼 품고 살아가며 항상 웃는 얼굴로 살아가는 아모르파티의 삶의 살아온 시인이다.

그의 시세계는 첫째, 현상적 사물의 리얼리즘적 진술을 통한 사랑과 고뇌 드러내기, 둘째, 자기존재의 철학적인 사유와 확인으로 압축해서 살펴보았다. 그리고 그의 산문의 세계는 자전적 삶의 진술로 파악했다. 원숙한 시세계를 향해 나가는 그의 시는 분명 진솔한 리얼리즘에 상상력을 융합한 독특한 시세계를 보인다. 오늘날 현대시는 노래를 잃어버린 시대의 노숙자로 전락해버린 가치몰락의 전유물로 내몰렸다. 노래보다는 그림으로 그려내고 관념보다는 구체적인 이미지를 드러내는 회화의 시대이다. 그러나 천시인은 현상적 사물의 리얼리즘 진술 속에 상상력을 융합한 독특한 시세계를 보여주고 있다. 융의 말대로 "상상력은 실재의 이미지를 형성하는 능력이 아니다. 그것은 실재를 넘어서 실재를 노래하는 이미지를 형성하는 능력이다. 상상력은 초인간성의 능력이다. 인간은 그가 초인인 정도에 따라 그만큼의 인간이 되는 것이다. 인간 조건을 넘어서게 하는 경향들의 총체에 따라 인간을 규정해야 한다."는 초인간성을 발휘한 삶을 살아왔으나 "시란 감정의 해방이 아니고 감정으로부터 탈출이다. 즉 시란 감정의 단순한 표현이 아니라 세계가 숨기고 있는 모든 가치 있는 존재와 현상을 감지하는 인식의 표현이다. 그런 까닭으로 시에는 푸념이나 혼잣소리가 끼어들 틈이라고는 조금도 없는 그런 감정의 세계이다."라고 말한 엘리엇의 몰개성이론과 객관적 상관물에 대해 깊은 관심과 시작에 적용하여 보다 원숙한 시세계로 나아가길 기원할 뿐이다. 현시대의 시경향이 관념의 시대가 아니라 물질의 시대다. 따라서 그에 걸맞게 참신한 시란 결국 낯선 이미지의 결합을 요구하는 러시아 형식주의자 쉬클로프스키의 낯설게 하기 이론에 뿌리를 두고 있는 현대시의 흐름을 발맞추어 구체적인 이미지를 오감을 통해 현상화 하고 은유하여야 할 것이다. 그가 추구하는 시세계가 날로 원숙해지기를 기원하며 그의 문집 발간에 박수를 보낸다. 아울러 그가 추구하고자 하는 경영과 문예창작을 융합하려는 시도는 융합인재 교육시대의 시기적절한 방향키가 될 수 있으나 '모든 길은 로마로 통한다'는 말대로 모든 학문은 결국 철학으로 통합되는 만큼 원숙한 문학세계를 구축하면 문학작품 속에 반영되어 나타나기 마련일 것이다.

천가 박가

2015년 10월 9일 초판 발행

지은이 | 천동암
펴낸이 | 이종헌
펴낸곳 | 가산출판사
주   소 | 서울시 서대문구 경기대로 76
          TEL (02) 3272−5530 / FAX (02) 3272−5532
E−mail   tree620@nate.com
등   록 | 1995년 12월 7일
          제10−1238호

ISBN 978−89−6707−011−3   03810

* 값은 뒤표지에 있습니다.